対談集

なにものかへのレクイエム

――二〇世紀を思考する

対談集

なにものかへのレクイエム

——二〇世紀を思考する

森村泰昌

岩波書店

はじめに、あるいはもう一つの「レクイエム」

本書は、二〇一〇年三月から二〇一一年四月まで、約一年間にわたり巡回した私の個展〈なにものかへのレクイエム／戦場の頂上の芸術〉の開催期間中（正確には、展覧会前後の期間も含む）に行った対談の記録集である。二〇世紀とはなにかを問う本展を手がかりにして、様々な専門家の話をお聞きした。美術が、異ジャンルといかに通じあえるか。二〇世紀をめぐってどれくらい多様な話題が展開できるか。これは、展覧会開催と同時に当初より企画していた、いわばもう一つの「レクイエム」であった。

鈴木邦男、福岡伸一の両氏とは、展覧会が始まる直前、それぞれ『美術手帖』と『ユリイカ』誌で対談させていただいた。政治活動家の鈴木氏は、「能ある鷹は爪を隠す」という諺《ことわざ》どおり、終始柔和な笑顔でお話しなさっていたが、「この人は覚悟を決めている、だからかくも穏やかでいられるんだ」と察せられた。科学者の福岡氏とは、「ドリトル先生」とフェルメールの話で盛り上がった。ドリトルとフェルメールが、二一世紀をどう生きるかという問いへのヒントになる。そう実感できた対談だった。

東京都写真美術館では、小説家の平野啓一郎氏との対談を行った。話のほとんどが、三島由紀夫をめぐる内容となった。懐の深い平野氏には、まだまだ口に出さない多くの言葉があったと思われる。

豊田市美術館では、社会学者の上野千鶴子氏との対談となった。一九七〇年代に、私は上野氏の京都のご自宅に伺ったことがある。知人に連れられて行っただけなので、御本人はご存知ない話である。あの頃すでに氏は「女性学」を提唱なさっていた。その長い戦いの年月を生き抜いてきた人の「話術」は見事である。言葉が剣よりも鋭い武器であることを自覚なさっているので、むやみには振り回さない。でもいざとなったら、隠し持つこの最強の武器が飛び出す。

広島市現代美術館には、政治学者の藤原帰一氏をお招きした。〈レクイエム〉展ではビデオ映像の作品も多数展示していたが、氏は映画好きとしても知られており、私も某新聞紙上で毎月一回、映画評を載せている。この共通の興味を手がかりに話される氏の柔軟な感受性が印象的だった。

兵庫県立美術館では、美術家のやなぎみわ氏と対談した。私は、やなぎ氏を、同時代を生きる同志であると感じている。今をどう生きるかを問う、真摯な対談になったと思う。

小説家、高橋源一郎氏との対談は、〈レクイエム〉展終了後に企画された。あの「三月一一日」からあまり日数も経たない四月二日であった。二〇世紀の諸問題は決着しておらず、二一世紀にそのツケが回ってきている。「レクイエム」は終わったのではなく、これから始まるなにかなのである。その「なにか」とは何であるかという問いが、七つの対談すべての根底にある。無論正解があるわけではないが、言葉の端々に「なにか」に至る多様なヒントがあるだろう。自由に解題していただければ幸いである。

森村泰昌

なにものかへのレクイエム　目次

装丁　岡本勇輔(OKMTDESIGN LTD.)

表紙《なにものかへのレクイエム(夕暮れのウラジーミル)1920.5.5-2007.3.2》2007年
本扉《なにものかへのレクイエム(MISHIMA 1970.11.25-2006.4.6)》2006年

《なにものかへのレクイエム（思わぬ来客／1945年日本）》2010年

第一章 芸術とは、たった一人の決起である——政治活動家との対話

× 鈴木邦男

（二〇一〇年一月一九日、大阪市天王寺区・旧寺田園）

鈴木邦男（すずき・くにお）
「一水会」顧問。一九四三年福島県生まれ。早稲田大学大学院中退後、産経新聞社在籍中の一九七二年に右翼団体「一水会」設立、九九年まで代表。著書に『公安警察の手口』『愛国者は信用できるか』『新・言論の覚悟』ほか。

芸術の原点としてのお茶

森村　今日は鈴木さんに大阪・鶴橋にある私のアトリエにお越しいただきまして、その後、私の実家――父が営んでおりましたお茶屋で対談をしようということになりました。鈴木さん、ようこそいらしてくださいました。

鈴木　昭和天皇とマッカーサーの会見を題材にした作品（本章扉）は、この場所で撮ったんですか。もっと広い場所だと思っていました。私が子どもの頃に住んでいた仙台の家が古い商家だったもので、あの作品を見たときに雰囲気が似てるなと思って、すこし懐かしい気持ちになったんです。

森村　この界隈は僕が子どもの頃から道路の拡張計画があって、いまだその気配はないのですが、いつ工事が始まるか知れないので改築もできず、そのまま商売を続けていました。それが幸いしたのか、いまでは天然記念物のように残ってしまったんです。

鈴木　でも、お父様が亡くなっても手放さなかったのは、いつかアートとして使えると思ったんでしょう？

森村　いや、そんなことは……。

鈴木　この作品を撮るために残していたんじゃないですか？

森村　結果的には、そういうことになりましたね。ここでお茶屋を営んでいた父が亡くなったのは四年ほど前で、ちょうど僕が三島由紀夫になる作品（本扉）をつくっていたときなんです。父の闘病生活に付き合っていた時期と三島の作品制作がオーバーラップしています。三島の作品にリアリティーがあるとすれば、そのとき生と死の狭間に直面していた、それはあるかも知れませんね。

鈴木　ほお、なるほど。

森村　父の死によって、ここが自分にとって大切な場所であろうという自覚が生まれてきて、最初はこの界隈の姿を映像で残したいと思って撮影しているんです。その映像は、ビデオ作品《海の幸・戦場の頂上の旗》の一部に挿入しています。だから、昭和天皇とマッカーサーをここで撮ろうというのも、すぐに思いついたわけではないんですね。

初めは実際にGHQの司令部があったあの写真の撮影場所に立ってみようと思ったのですが、どうも違うな、それでいいのかという思いが消えなかった。この二人に関して、自分のなかでは、父が先の戦争で出征しているということがある。それでただの一兵卒であった父親のお茶屋を背景に二人を立たせると、自分としてはグッとくるというか、納得できたんです。あの二人が立つ場所はここしかない。そういう意味で先ほどのご質問、「このシーンのために残しておいた」は、そのとおりです。

鈴木　森村家は代々お茶屋を営んでいたのですか。

森村　祖父と父が緑茶販売をしていました。いまやペットボトルやらインスタントの飲料がたくさんありますから、緑茶の商売が再興するような状況ではないですね。昔はごく普通の人が買いに来ていたんですけれど。産地からも人がお茶葉を持って来て、うちの父親がお茶を選ぶ。そして選んだお茶を自分の店の味にブレンドするんです。

鈴木　そんなことやるんですか。初めて聞いたなあ。

森村　たとえば、香りはよいけど出がよくないお茶があれば、それを他のお茶とブレンドすることで香りも出もよいお茶にする。小売店はそれぞれの味を持っていたんです。

鈴木　お茶をブレンドするというのは知らなかった。宇治茶とか静岡茶とかをそのまま売っていると思ったら、店ごとに微妙にブレンドしてるなんて、ひじょうに芸術的な作業じゃないですか。森村さんは知らず知らずに影響を受けたんじゃないですか。家業の手伝いをするうちに、なにか芸術的なものへの目覚めはありませんでしたか。

森村　どうでしょうね。そのように解釈すればそういうことになるのでしょうけど……。ただ、たしかに僕の作品は基本的に組み合わせなんです。なにかとなにかをブレンドして別の味を出すという。

鈴木　おおっ！　やっぱりそうだ。

森村　なんだか誘導尋問に引っ掛かってる気がするなあ（苦笑）。

鈴木　子どもの頃からお茶にはうるさかったんですか。たとえば、他所《よそ》の家のお茶は飲めないとか。

森村　子どもの頃は家のお茶しか飲まないので、それが当たり前だと思っていました。うちでは本当にお茶だけで、大学に入るまでコーヒーも飲んだことなかったですし。でも大学生になって喫茶店とか行くでしょう。すると自分がお茶の味にうるさいことに気がつきました。他はともかく、お茶の味は自分なりの判断ができるようです。

鈴木　それはやはり芸術の目覚めですよ。すべての原点はお茶ですよ。それがなければ、きっといまの森村さんはなかったですね。

芸術の決起のために

鈴木　〈なにものかへのレクイエム〉は、二一世紀になったいま、二〇世紀とはなんだったのかを見直すためのもので、そこで三島由紀夫や政治の問題を考えるようになったんですか。

森村　公式にはそうなっていますね。二一世紀になりました。時代はどんどん突き進んでいくんだけど、その進み方がどうも是だとは言い難い。だったら、いっぺん立ち止まってみるべきじゃないか。僕たちがいちばん忘れてしまうのは、ちょっと前のことだと思うんです。そのちょっと前は二〇世紀なんですよ。法隆寺とか阿修羅像は国宝として大事にするけれど、うちのお店はちょっと前のものなので更地にしても一向に構わないという。それはちょっと待ってくれよという気持ちがある。立ち止まって二〇世紀をもう一度振り返る。たんに振り返るんじゃなくて、振り返って見えたことをいまという時代の器にどう移し替えることができるのか。その試みが〈なにものかへのレクイエム〉であると。

鈴木　プレスリリースにもそんなことが書いてありましたね。

森村　そうなんですけれど、なにかどうもよくわからなくて。先日、このシリーズの最後の撮影を終えたんです。ガンジーをやりました。撮影を終えた途端、真っ白になってしまいまして。その直後の取材でまったく答えられなかったんです。いままでそんなことなかったのに、なにかおかしいんですよ、手も足も。たかが芸術の話で鈴木さんには笑われるかも知れないけれど、どうも自分には大きすぎるものを背負ってしまった感じがする。

そういうことを考えながら改めてなにをやりたかったのか考えると、抽象的な言い方ですけど、なにかに触れたかったんですね。触れ過ぎると戻れなくなってヤバイんですけど、辛うじて戻って来てまた次のものに触れる。そういうことをやりたかったのではないかと。それがなにものなのかは自分でもまだよくわからない。

鈴木 たとえば手かざし療法では手を触れることによって、病人と一体にならずに、その人間を変えるんです。森村さんの作品も、三島、レーニン、ヒトラーでも、ゲバラに手をかざすことによって世界を変えてやるという壮大なものでしょう。本人は芸術家だから意識してないでしょうけれど。

森村 手をかざして、かざされたほうが変わっていくのはとてもいい状態なんですよね。下手したらかざしたほうが病気になりますから。その気分はよくわかります。

鈴木 そこはアーティストの力量でしょう。ない人は引きずり込まれる。ある人は相手を変えられる。危機的な状況は何度もあったでしょ。

森村 三島由紀夫の作品については相当の覚悟が要りました。また鈴木さんに笑われるかもしれないけれど、あれは自分にとっても決起なんですよ。

鈴木 おおっ、なるほど。

森村 なぜこのシリーズが三島由紀夫から始まったんだろうと考えたんですが、もちろん僕が高校生のとき三島の小説を大好きになったというのが一つにはあります。でも、僕は右翼学生ではなかった。高校に入学したての頃、僕はとてもうぶで頭も丸刈りだった。けれど、同級生には長髪の子がいて、「赤い手帳」をピラピラさせるんです。

鈴木　へえ、高一で『毛沢東語録』ですか。何年のことですか。

森村　一九六六年頃かな。そろそろ火がつき始めていました。もう一つは岩波文庫の『共産党宣言』。なにかわからないけどそれらは異常に刺激の強いものでした。恐いんだけれどとてつもない魅力を感じるんですね。同時に高二で読書に目覚め、そして三島由紀夫に出会った。遅いんです、僕の場合。だからものすごく揺れるんですよ。

あの一九七〇年は、僕は大阪なので大阪万博なんです。ひじょうに前向きな時代で、未来がとても明るく見えました。いっぽうで万博の外ではアングラ劇をやっていて、もういっぽうに三島由紀夫がいる。坩堝《るつぼ》のような状態で僕は七〇年を迎えたわけなんです。そんな一年のラストに三島由紀夫の自決という大きな事件があって、万博なんて吹っ飛んでしまった。

鈴木　あの事件が焼き付いてしまうんですよ。僕らの世代は。

森村　その後、美大に行くんですが、自分が現在のような作品をつくった最初のテーマは美術史でした。戦後教育を受けた自分にとって、美術史＝西洋美術史で、決して日本ではないんです。一九八五年作の《肖像（ゴッホ）》（五八頁）から西洋美術史を巡る旅（作品制作）に出るのですが、自分は日本で生まれ育っているのに、いつまで経っても日本に戻れない。一九九〇年代半ばには〈女優シリーズ〉を始めますが、ほとんどがハリウッド女優なんです。どうやったら日本に戻れるだろうと思ったときに、三島由紀夫がいたのです。

たとえば、マリリン・モンローになって東京大学の九〇〇番講堂でパフォーマンスした作品（第三章扉）があります。九〇〇番講堂は三島が全共闘とやり合った場所です。だから、あれは姿を変えた三島なんです。それと蛇足ながら、私の〈女優シリーズ〉に、映画『カサブランカ』のイングリッド・バーグマンに扮したセルフポートレイト作品（五五頁）があるのですが、あの時のロケは岐阜の自衛隊敷地内でやらせてもらいました。私は大学卒業直後、某大手企業に就職したことがあるんです。その新入社員の研修で自衛隊に行く羽目になり、でも直前に逃げ出して、会社を三日で辞めてしまった。その自衛隊に、長い時を経て、「バーグマンとしての私」が乗り込んでいったわけです。三島が深く関わり、そして最期の場所として選んだのも自衛隊でしたから、ああかなこうかなと迷いながらですが、なんだか三島由紀夫の歩んだ道を、私も私なりのやりかたで歩いているのかな、なんて思ってしまいますね。

そうやって自分の人生と作品の裏にはずっと三島がいたんです。それをもう表に出したいという気持ちと、どうやったら日本に戻れるんだろうという気持ちがくっついたときに、やるんだったら三島の演説シーンだとなった。一九七〇年のあそこだったら日本に帰れると思ったんです。

鈴木　決起という言葉の意味がよくわかりました。下手をしたらいままで自分がやってきたことがチャラになるかもしれないし、大きな賭けですよね。いまのお話を聞いて、たとえば毛沢東になったときには、ただ二〇世紀の偉人に扮したわけではなく、高校時代に影響を受けたエピソードやご自分の歴史やら、すべて詰まってるんだと思いました。だから、あれは三島の演説であると同時に森村さんの演説でもあるんです。いまの日本の芸術界に対する怒りや批判、そういったものに対して、三島

なにものかへのレクイエム
(ASANUMA 1 1960.10.12-2006.4.2)、2006 年

と同じように決起した。あの作品は大変だっただろうと思います。

惹かれることへの緊張感

森村　社会党委員長、浅沼稲次郎の刺殺事件をテーマにした作品。あれも鈴木さんはすごく反応してくださったと思うんですけれど。その反応はなにかというと、「俺が山口二《おと》矢《や》だ！」と。

鈴木　ふふっ。

森村　「あいつ、森村がしやがって。俺だろう」と。

鈴木　ギクッ。

森村　ある種、羨ましいみたいな。あるでしょう？

鈴木　……ありますよ。

森村　僕は芸術の立場で作品をつ

くりました。そこで答えは出してないんです。というのは、山口二矢に僕はなりました。でも、浅沼委員長も周りの人も全部僕なんです。そうしたら、「お前は何なんだ。はっきりしろ」となるのですが、僕がやりたかったのは、あのテロの瞬間の光景に手を触れる感覚です。芸術というものには、さまざまな主義主張を超えた、光景そのものに感受する感性があると思うんです。

ただ、自分のなかで不思議なのは、これは鈴木さんを喜ばすわけじゃないけれど、自分は「赤い手帳」にドキッとした人間だから浅沼の立場にいる自分がいるんですね。いっぽうで三島的なものにも惹かれているから、山口二矢の立場もあるわけです。バランスは取っているんですけど、それでも山口のほうに若干加担している自分を否定できないんですよ。お茶のブレンドのように全体的にいい感じにして歴史に触れているんだけど、どうも山口側に傾きつつ、辛うじてバランスを取っているというね。

鈴木　それは三島由紀夫を追体験したからですよ。三島の感想でもあるんです。三島は山口二矢のことを絶賛していますが、そのことは書いてない。それは自分が山口二矢になってしまう危険を感じていたからだし、彼を賛美する文章を書いて「楯の会」メンバーに影響を与えてしまったらまずいと思ったからですよ。

三島由紀夫と山口二矢にすごい衝撃を受けたのは僕にとっても同じで、極端に言うと一九六〇年の浅沼事件と一九七〇年の三島事件、この二つなんです。浅沼事件では自分と同じ一七歳の少年がテロをやった。そして七〇年には三島事件があって、僕が右翼運動に誘った森田必勝が死んだ。僕は当時、運動をやめて産経新聞にいましたけど、あの事件のショックでまた運動に戻ったのですから。だからこそ、森村さんの作品に感動したし、引き込まれました。

森村 その後、いろんなものを作品にしましたが、やっぱりあの二人から始まりましたね。あの二点をつくったことから、つながっていった。

鈴木 当時は、俺も山口二矢のように死ぬのかなと思ってましたね。昔はテロを認めていましたし、左翼学生が火焔瓶《かえん》を投げるなんて大したことねえだろうと思っていました。いまはテロを否定しているし、言論でやろうというのが我々の活動です。

ただ、山口二矢を全面否定するのかと言えば、それはあの時代としては理解できる。五〇年前の事件ですが、ヤマトタケルが女装してクマソタケルを撃った、もうそんな神話の世界のような気がしています。もう二度と起こらないし、起こしてはいけないと。でもまだまだ惹かれる部分があるから、森村さんと同じでかなり危ないですよ。いつ引きずり込まれるかわからない緊張感はつねにあります。

芸術は群れない

鈴木 森村さんも高校時代からいろんなものを見てきて、三島事件もショックだったし、文化大革命もあった。それから外国の映画なんかもいっぱい見てるでしょう。混沌としてますよね。僕も最初から右翼だったと思われがちだけど、全然違うんです。中学高校とアメリカ映画ばかり見てました。テレビや音楽もそう。それに対して反米意識もなかった。ただ僕の場合は母親がたまたま「生長《せいちょう》の家」(神道系の新宗教)だった。そこで愛国心を教えられ、天皇について教えられた。それで大学に入ると右翼学生と付き合うようになる。つまりそういう縁で選んだわけです。たいていはなにかの縁から右翼なり左翼になるんですね。

森村さんの話を聞いて驚いたのは、三島も文化大革命も同時代に体験しているのに、どちらにも染まらなかった。僕なんかすぐに染まったし、全共闘の連中もそうでした。混沌のなかでより分けていたというのは、やはりお茶のブレンドですよ。ちょっと上から客観的に見る「茶の力」です。

森村　「茶の力」というひじょうにきれいな言葉でまとめてくださって嬉しいんですけどね、自分にとってそれは「芸術の力」なんです。僕がなにものにも染まらなかったのは、芸術だからなんですよ。というのは、芸術は徒党を組まないのです。僕らはなにかの仲間になるのは、すべて嫌っていたんです。

鈴木　そうか。僕らのなかでは、右翼も左翼もそうですが、こうしたら日本はよくなる、世界はよくなるという原理を見つけて、それが一〇〇人に増える、一〇〇〇人に増える、一万人に増えれば、世界はよくなるだろうと思ってやっていたんですね。それで僕は四〇年近く右翼運動をやってきた。でも、ちょっと違うことを言うと仲間からワーッと批判されるんですよ。やれ裏切り者だ、売国奴だと。すると、自分はいなくてもいいんじゃないかと思うし、いろいろ疑問を持つようになって、ようやく本を書くようになりました。でも、森村さんは学生の頃からそれを持っていたんですね。芸術は群れない、と。

森村　そう言ってもらうと格好よく聞こえますが、「私はこれです」って言えない感受性は、とてもあやふやなものですよ。それは自分にとって大いなる悩みだった。鈴木さんのように一貫してる人を僕は見たことがない。普通はぶれますよ。

鈴木　ぶれないほうが楽だからですよ。

森村　いや、違いますって。

鈴木　かつて竹中労というルポライターが書いた文章でひじょうに印象的なものがあります。「人間は弱いから群れるのではない」。僕らはそう思っていた。一人だと力がないからだと。だけど竹中労は「人間は群れるから弱いんだ」と言う。おおっと思ってね。それは我々にはまったくなかった発想ですよ。

でも芸術家は最初からそういう発想を持っている。いま聞いてびっくりしました。さらに、芸術家は前衛という軍隊用語を使っている。自分たちが革命軍であり、その先陣に立っているという意識なんでしょう。

森村　でも、たった一人の軍人なんです。

鈴木　芸術家はみんなそうなんでしょう。

森村　いまは、わからないです。芸術はずいぶん変わってきていると思いますから。たとえば、芸術は商売なのか。商売とは仕事ですよね。政治活動、革命家はそれを仕事とは言わないですよ。けれどいま、芸術では市場に流通することが重要になっています。もちろん我々も生きていかなければならないから、そこをどう考えるかとても重要ですけれど。

僕は、格好よく言えば、芸術家は一人でなにかに立ち向かっていくものだと思います。だからセルフポートレイトなんですね。一人でやるからといって、それが小さな力なのか。数の論理は芸術ではない。世界を変えることと一人でやる芸術のつながりを夢見ている。またいっぽうで、芸術はそんな大きなものじゃなくてもいいんじゃないか。世界を変えようと思ってやることなんて、大したことないんじゃないか。芸術はもっと質素で世の中をどうこうしようとは別のものとしてあるべきなんじゃないか、と思うこともあるんです。

鈴木　芸術は最初から世界革命など考えないで、後世の人たちが「ああ、あれは革命だったね」とわかるようなものかも知れませんね。きっとそれがいいんですよ。

お互いを超える可能性

森村　鈴木さんの活動には、実際の行動から言論での勝負へと大きな転換があったと思います。現実から言葉というフィクションへと言ってもいい。僕が三島をやると、「三島が本当に自決したような覚悟が君にはあるのか、たかがフィクションじゃないか」という声がある。その意味では、芸術は明らかにフィクションなんですよ。芸術はまずフィクションがあって、それを突き詰めていくと現実との見境がつかなくなるところまで行ける。

鈴木　三島の決起も限りなく芸術ですよね。遺書をペンネームの三島由紀夫で書いているんですから。フィクションを重ねていった果てに決してフィクションにならない死という現実と出会ったという……。

森村　芸術に対して、鈴木さんの言論活動の背景には必ず現実がある。入り方が逆なんですが、芸術家といまの鈴木さんのいる場所は、限りなく近づいているように感じます。この機会に鈴木さんとお話ができたのもそういうことなのでしょう。

これは蛇足ですが、鈴木さんに聞いてみたい。僕が中学高校の頃は、確実に国家というものがあったと思うんです。僕にとって、国家とはとても恐いものだった。権力以外のなにものでもない。逆らったら叱られるという(笑)。

鈴木　捕まる。殺される。

森村　国家の輪郭がひじょうにはっきり見えていたと思うんです。いまは恐いもなにも国家そのものがあるんだろうか。もちろん制度としてはありますよ。でも、情報・通信の発達という社会の変化もあるけれど、国家というものがどうも見えなくなってきた。「日本」という言葉も、いまは「JAPAN」と言ったり、「がんばれニッポン」って片仮名で書きますよね。なんだか「コカ・コーラ」と変わらない。昔は「日の丸」はもっと重かった気がするんですよ。

鈴木　いや、驚いたな。僕と出会った人は、僕を越えてみんな極右になっていくんです。小林よしのりさんなんかそうだし、前田日明さんも。櫻井よしこさんもそうだな。僕と会うまでは普通だったのが、いつの間にか僕を通り越して向こうに行ってしまう。いまの問いかけにはその予兆を感じましたね(笑)。僕なんかは四〇年間ずっとやってきたからどこか見切ってしまったところがある。自分が生きていればそれが愛国心だという傲慢な、芸術家的な領域に入ろうとしている。森村さんのほうがだんだん国家主義的な方向に向かっている(笑)。でもね、芸術家はやっぱり「茶の心」ですよ。

森村　これは半分冗談で半分本気ですが、僕はむしろ鈴木さんを芸術に引き込みたい。ものの見方が普通の人とは全然違うんですよ。もし僕がどこかの美術館の学芸員だったら、ゲスト・キュレーターとして鈴木さんに展覧会を企画してもらいますね。右翼だから戦争画になると思ったら大間違いで、なにかとんでもない展覧会になりそうです。今のお話だと、僕はどうも右翼のほうに行っているらしいので(笑)、鈴木さんはアーティストとしてやってもらったらいいと思う。

鈴木　では、いまはお互いがその交差点にいるということで(笑)。

森村　本日はわざわざお越しくださいまして、ありがとうございました。

鈴木　こちらこそ。勉強させていただきました。

(初出『美術手帖』二〇一〇年三月号)

《なにものかへのレクイエム（創造の劇場／手塚治虫としての私）》2010年
作中作品：手塚治虫《鉄腕アトム》©Tezuka Productions

第二章 スモールサイエンスが人類を救う——科学者との対話

×福岡伸一

（二〇一〇年一月二八日、東京恵比寿・トライアンフ）

福岡伸一（ふくおか・しんいち）
生物学者。一九五九年東京都生まれ。青山学院大学教授。研究のかたわら、「生命とは何か」を分かりやすく解説した著作を数多く著す。著書に『生物と無生物のあいだ』『動的平衡』『ルリボシカミキリの青』ほか。

「ドリトル先生」から掘り進む

森村　今日は福岡さんとどんなお話ができるのか、非常に楽しみなんですけど、一応僕のほうでもこういったことをお訊きしたいなあ、ということを項目だてしてみたんです。

一つは、「男」というものについての話です。福岡さんの『できそこないの男たち』（光文社新書、二〇〇八）を拝読したんですが、僕の今回の個展も二〇世紀がテーマであると同時に、そのなかで特に「男たち」を採り上げているんですね。そこに「レクイエム」と付けているわけだから、今度の僕の試みは「男たちへのレクイエム」なのかなあ、とも思うんです。そうすると福岡さんの本の内容と見事に一致するじゃないか!? というわけで（笑）、その話ができたらと。

もう一つは、「芸術と科学」についての話。僕は美術というジャンルにおりますので、そういう立場の人間として非常に嬉しく思うのは、福岡さんがフェルメールのことをずっと追いかけていたりして、美術にとても興味を持っていらっしゃる点なんですよ。

最近は本当にジャンルが細分化しているというか、さまざまな分野を横断するような横の繋がりが弱いなとつくづく思うんですね。僕は『日本経済新聞』で「クロスボーダーREVIEW」というのをやっているんですけど、それは編集部の当初の発想としては、映画評と美術評を同時に掲載して、しかも映画評は美術関係者に、美術評は映画監督とかの映画関係者に書かせることでジャンルをクロスさせようというものだったんです。ところが、実際にやらせる人間を探してみると——まあ、映画評は面白いと思ったので僕がお引きうけしたんですけど——映画監督で美術を語れるような人がなかなかみつからなかった。海外の例ですと、『アニエスの浜辺』という、監督自身が主人公も兼ねた自伝的な、半分フィクション・半分ドキュメンタリーみたいな作品を作ったアニエス・ヴァルダのような人間がいまして、作中にいっぱい美術作品も出てきたりと、美術に精通した映画を作っていますけど、実際のところなかなかそうした人は少ない。ましてや科学を専門としていらっしゃる方で美術に興味を持っている人は非常に少ないなと個人的には思っていたんです。

でも、『できそこないの男たち』を読んでいくと、最後のほうでベルナルド・ナダル - ジナールとヴィジャク・マダービさん夫婦の美術コレクションのエピソードが出てきて、そこで列挙される名前が——科学の本にこんな名前が出てくるのは考えられない！　と思ったんですけど（笑）——レベッカ・ホーン、ジェニー・ホルツァー、ブルース・ナウマン、レイチェル・ホワイトリード、キキ・スミスといった美術家たち。そしてこれらはヴィジャク・マダービという女性の関心であると同時に福岡さんの関心でもあるわけですよね。福岡さんはキキ・スミスの作品をもう一度観たいと思ってハーバードを再訪したりしている。だから、福岡さんとだったら「芸術と科学」という昔から問われてきた古い、しかしきちんと語れる人は本当に少ない話題について、お話ができるんではないかと思うんです。

そこで、ちょっと下世話な話から始めようかと思うんですが、福岡さんは京都大学を経て、その後アメリカに行かれたわけですよね。これは偏見かもしれないけれど、僕は大阪に住んでいるので京大の人とはお付き合いがあるんですが、京大の人って好きなタイプが多いんですよ。でも、福岡さんの本によると、あたかも京大での生活が面白くなかったような、この土地から早く逃れたいとでもいうような印象を受けるので(笑)、まずはそのあたりの話をお訊きしたいなと思います。

福岡　なるほど(笑)。でも、まず森村さんのお仕事への感想から言わせていただきますと、私は森村さんのお仕事を見ていると、とにかく「すごいな。到底まねできないな」って思うんですけれども、同時に自分に近しいものとして共感するところもあるんです。もちろん、私の仕事は細胞のなかに分け入って、目に見えない遺伝子やタンパク質が目に見えるかのようなふりをしながらその形を探っていくというものなので、森村さんの仕事とは全然違うことをやっているわけですけど、でも、お互いにある種の小さい穴を掘ってきたという意味では同じことをしているようにも思います。つまり、そうした穴の掘り進めている方向は今や全然違うんだけれども、きっと最初の地点は同じようなところから発しているんじゃないかという気がするんです。何か面白いもの、あるいは美しいもの、「あ、これがいいんじゃないか」という方向に向かってとにかく掘っていって、やっとどこかにかすかな水脈みたいなものがあった、という来歴で今に至っていると思うんです。

私がそうしたことを強く感じたのは、去年(二〇〇九年)の暮れの『BRUTUS』での読書特集を読んだときです。いろんな著名人の書斎やオススメ本が紹介されていたなかに森村さんも出てらしたんですけど、森村さんの記事がいちばんカッコ良かった。蔵書がいいんです。本棚の大写しの写真があって、『ツバメ号とアマゾン号』(アーサー・ランサム著)とか『ドリトル先生』のシリーズ(ヒュー・ロフティング著)が並んでいましたよね。『ドリトル先生』の物語は私が少年のころにある意味もっとも耽溺《たんでき》した小説です。

『ドリトル先生』は、もともと医者だった人物が人間相手の医者の仕事が嫌になって獣医となり、冒険の旅に出るというファンタジーなんですけど、そこに流れている時間、あるいは世界そのものがものすごく素敵なんです。何よりもヒュー・ロフティング自身が描いている挿絵が、えも言われぬユーモアとある種のファンタジックな空気を湛《たた》えている。さらっとした線画ですけど、とても詩的なんです。こういうのを森村さんの本棚に発見して、「きっと森村さんの出発点もここにあったんだな」と思いました。だから、きっとその場所から出発して、ではどっちの方向に行こうとなったとき、森村さんは美術のほうに穴を掘り、あれこれ試行錯誤していくうちに、絵のなかに、あるいは写真のなかに入ってしまうという方法論によって世界を記述することを見つけられたんだと思うんです。そして私の場合は、昆虫のフォルムとかミドリシジミの緑色の美しさとかに惹かれて、ファーブルや今西錦司などに憧れていった。それで京都に行ったんですけど――森村さんの質問にちょっと答えますと――、京都の「いけずぶり」に耐えられずに(笑)、アメリカに行ったという次第ですね。

タブラ・ラーサとしてある世界

福岡 読者の便宜のために私自身の立場をお話ししますと、私の専門である生物学がこれまでやってきたことは、大きく言ってしまうと、機械論的に生命を記述していく、あるいは世界を分けていくということです。生命というのは臓器から成っていて、臓器は細胞から成っている。細胞はミクロなタンパク質、さらに遺伝子から成っていて、それはさらに部品A、部品B、部品C……というふうに記述でき、とうとう二〇〇三年には全部の部品が記述可能になった。つまり世界は分けつくされたわけですけど、それでも「生命とは何か?」という問題についてはよくわからなかったんです。

そのようななかで、では私も含めた研究者たちが何をしてきたかというと、その部品の一つをわざと壊したマウス(ノックアウトマウス)を作って、その結果マウスがどのような異常を起こすかを観測してその部品の役割を明らかにしよう、という方法論に基づいた研究でした。しかし、その結果直面したのは、ある部品を壊してもマウスは特に異常もなくピンピンしているという逆説的な状態で、やはり生命については機械的な捉えかたでは把握しきれないなあ、と実感したんです。

「タブラ・ラーサ」という哲学の言葉があって、「磨かれたテーブル」とでも訳せると思いますが、つまり、人間は「磨かれたフラットな一枚板」みたいなものとして生まれてきて、そこにいろいろなものが彫琢されていくことで人間として完成していく、ということが教育論みたいなものとして言われていたことがありました。私はそうではないのではないかと思うんです。つまり、世界のほうが「タブラ・ラーサ」として、切れ目や区切りのないものとして本来ある。それにもかかわらず、人間はそれを一度に見ることができないが故に、そこに分節点を作ったり、切り分けて部分を引き抜いたり、あるいは時間を止めたりして見ている。そして、そういうプロセスの集積として人間の歴史、あるいは特に「男の」歴史というのはあるんだと思うんです。

ここでわざわざ「男の」と言うのは、生物学的には女のほうが生物としての基本仕様であることに由来します。つまり、女は縦糸のごとく次の世代を紡いでいくということ自体で存在意義があるわけで、それ以上の説明はまったく不要なわけです。一方で男は、それを結ぶ横糸として後から生み出されたものなので、いわばママの言いつけを聞いて他の女のところに物を持っていくような運び屋的存在でしかない。そのお使いの帰り道に食料でも買ってきなさいと言われて今日まで来たので、男は常に自分の存在理由を示さなければ、あるいは探さなければいけないところがある。

フェルメール研究(大きな物語は、小さな部屋の片隅に現れる)、2004 年

　こうした文脈のなかで、特に二〇世紀の男たちは自分の存在理由を誇示するために、ことさらステューピッドなふるまいをしてきたということになるわけです。ここで今回の森村さんの作品に戻りますと、そうしたものを全部写真のなかに自分とともに映し込んでいるのは本当にすごいことだと思うし、またそれを「レクイエム」と呼んでい

るのはとても面白いですね。

冒頭でもお話に出たとおり、私はフェルメールが好きで観に行ったり、またキキ・スミスも好きですけど、美術を専門に学んだわけでもないし美術評論家でもないので、基本的にはただ観て「面白いな」と思うだけなんです。でも、その面白さが一体何に由来しているのか、なぜ私はそれを面白いとかきれいだと思うのか、あるいは好きなのか、ということについては常々考え、言語化する努力もしています。もっとも、そうすることで美術作品が言葉によって線引きされてしまって、「タブラ・ラーサ」的な全体性が失われてしまうことはあるんですけど、でも、それをすることでわかることも確かにある。つまりはそこを行ったり来たりすることが大事なわけで、フェルメールについて考えたりもするわけです。

森村さんもいくつかの作品でフェルメール絵画のなかに入ってらっしゃいますけど、フェルメールという画家は写真みたいに、動いているある一瞬を「カシャッ」と撮っているわけですよね。そのシャッターによって時間が分節されて、そこに至る時間とそこから出発する時間が生じるそのあわいで絵を描いている。

そして、それはある意味で近代科学がずっとやってきたことでもあります。つまり、生命の部品を探すためには、本来は動いているはずの生命体をある時間の軸で切ってみなければいけない。そうしないと倍率を上げて見ることができないんです。フェルメールもまたそういうことをやっている。彼は一七世紀の人なので、やはり、微分や積分が生み出された当時という時代の負託を受けるかたちで、そうやって作品を描いていたんだと思うんです。

森村　フェルメールについては、僕も一七世紀に戻っていろいろと考えるんですが、福岡さんも『できそこないの男たち』で書いてらっしゃるとおり、フェルメールと同時代のオランダのデルフトには、レーウェンフックという人物がいましたよね。一方は科学的なことをしていて、一方は絵を描いているわけですが、僕にはこの二人はものすごく似ているなという思いがあるんです。

福岡　そうですね。歴史的には接点、あるいは交流を示す証拠は何もないんですけど、想像をたくましくしてみますと(笑)——二人は完全な友達だと思いますね。毎晩毎晩それぞれの家に行って、フェルメールが「これで見てごらんよ!」とか言ってレーウェンフックにカメラ・オブスキュラ(写真発明以前に使われた小孔のあいた暗箱)を覗かせると、部屋がピッと遠近法的に見えて、レーウェンフックが「おお!」となったり、あるいはレーウェンフックがフェルメールに顕微鏡のレンズを見せて、光の焦点からずれたところでキラキラしているものについて語りあっていた……。二人の友情はすごく固かったんじゃないかな、と思いますね。

レーウェンフックは膨大な顕微鏡観察記録を遺しているんですが、その手記にこんなふうに書いているんです。「自分で上手に描くことはできないので、熟達の画家に依頼した」と。実際、顕微鏡というのは視野が狭く、焦点深度も浅いので、観察像を正確にスケッチするというのはたいへんなことなんです。共同研究者と言ってもいいくらい顕微鏡に習熟していて、かつ絵がうまいパートナーが必要だったはずなのです。では、レーウェンフックの近くにいた「熟達の画家」っていったい誰なのか、ということになりますよね。

そこで何はともあれ、いちどレーウェンフックの記録のオリジナルを見てみようと思いました。ロンドンの王立協会の書庫に眠っているんです。許可をもらって特別に閲覧させていただいたのですが、一目見てもうびっくり仰天です。うますぎるのです。あまりにも鮮やかで、あまりにもつややかなんです。

昆虫の脚の鋭い爪先のスケッチは、まるで石膏のデッサンのような筆致で、光と影の強いコントラストによって描きだされていました。その硬さをじかに感じることさえできるんです。毛根のスケッチはやわらかな丸みを帯びていました。いずれも、ここにあるのは、自然を分節化し、区画しようとする科学者の視線ではない。なめらかに変化する光のグラデーションをつなげようとする芸術家の目線がある。そう感じました。

さらに、意外な事実があるんです。レーウェンフックが王立協会に送った観察スケッチは一六七六年の半ば以降、急に、下手くそになっているんです。タッチとトーンが変化していて、絵は細い線だけで描かれた平板なものになってしまうんです。画家が変わったとしか思えない。このとき何が起こったか。一六七五年一二月一五日、フェルメールは、四三歳の若さでこの世を去ったんです。偶然の一致にしてはできすぎた話だと思いませんか。

この大胆仮説は私の著書『フェルメール　光の王国』（木楽舎、二〇一一年）に書いたので、ぜひ読んでみてください。

森村　なるほど、それはスゴすぎる。半分冗談・半分本気で言うと、二一世紀におけるフェルメールが私だとしたら、福岡さんがレーウェンフックである、なんて思ったりするんですね（笑）。

福岡　それでもいいんじゃないですか（笑）。

世界に圧倒される喜び

森村　これもきっと、先ほどの『ドリトル先生』と全部繋がっている話なんですが、福岡さんの本で、科学者の行動原理としての競争みたいなお話がありますよね。科学者の世界では競争原理が働いていて、一番にならないと意味がないというか、われ先にしのぎを削る世界になっている。それはある意味では、称えるべきところもあるすごい世界なんですけど、でも『ドリトル先生』はそういう地点には身をおかない。冒険に目線を向けてそちらに旅立ちます。そしてそのなかでいろんな動物に出会う、その喜びがそこには確かにある。

僕は今回のシリーズに手塚治虫さんに扮した作品(本章扉)を入れたんですけど、手塚治虫さんは今や「日本アニメの父」として位置づけられることが多いと思うんですね。「アニメこそ日本の文化再生の切り札だ」と政府ですら言っている状況のなかで、その出発点に手塚治虫先生がいるのだ、という解釈ですけど、でもこうした捉えかたには僕は全然興味がなくて(笑)、手塚さんはやっぱり虫の人なんですよ。昆虫が好きで虫集めをしているところから出発して、マンガを描いていった。

福岡　手塚さんの初期のノートは、本当に昆虫図鑑のような感じですよね。

森村　福岡さんの子供時代の憧れとしてファーブルも出てきましたけど、やっぱりこういった人たちはみんな同じところに源泉があるんだと思うんです。子供時代の驚きに発してそこにずっと浸っていた、というか——。レーウェンフックにしても、今日的な意味での科学者ではないですよね。

福岡　そうですね。厳密には科学者ではありません。

森村　もちろんレーウェンフックにも世間に認められたいという欲望がなかったかと言うとそうではないと思いますけど、でもあくまでアマチュアとしてやっていたわけです。フェルメールにしても、当時の画家のギルドには参加していたけど、宿屋の主人みたいなこともやっていて、描いた絵も数少ないし、画家と呼ぶには妙なスタンスなんです。だから、この二人にしても、やはりその根源にあるのは世界に対峙しての「おお！」というような驚きだったと思う。フェルメールの場合はカメラ・オブスキュラという箱を覗き込むことによって、レーウェンフックの場合は自家製の顕微鏡のなかにえも言われぬすごいものを見ることによって、僕の関西弁で言うと「これや！」っていう感覚を得たと思うんです。昆虫のキラキラした紋様みたいなものを見て圧倒されることの喜びとその快感みたいなものにみんな嵌《はま》り込んでいる。

だから、僕にとっては手塚さんもドリトル先生もフェルメールもレーウェンフックもみんな同じなんです。そこに同じ原点を持つというか、その場所にいる人たちなんです。

社会とロマン

森村　僕は、自分が写真という技術を使っていて光学的な世界が好きなせいかもしれませんが、今のデジタル化の社会にいまひとつ馴染めないところがあるんです。デジタルカメラにはあまり惹かれません。やっぱり僕にとって写真で感動的なものは、フィルムなんですよ。グランドキャニオンみたいに広大なものでも、フィルムに収めると親指と人差し指で作る輪っかくらいの大きさに入ってしまう。そこにえも言われぬ何かがある。大きな宇宙みたいなマクロのものが、フィルムを介してものすごく小さなミクロの世界と繋がる感覚というか。

学生のときに初めて4×5判の大型カメラを覗いて、カメラのガラス板に映り込む世界を見たときには本当に驚きました。向こう側にいる人が動いているのが見えるんだけど、でもそれは、小さなガラスの上でさらに小さな光になって動いているんです。人間が光の虫みたいになっている。あの感動というのはちょっといいよな、っていうことを、今の時代になってあらためて思う。デジカメは、被写体というあちらにあるものをデータ化するためのツールにすぎない感じがしてしまいます。

きっと僕がやっているセルフポートレイトというものは、今みたいな、えも言われぬフィルムの世界に自分が入れるっていうことでもあると思います。「あのなかに自分は入れるんやで!」っていうのは、ちょっと感動的ですよ。

福岡　『ミクロの決死圏』みたいな感じですね(笑)。でも、すごくよくわかります。それに、デジタル的な画像へのある種の馴染めなさというのもわかる気がしますね。

レーウェンフックが作った顕微鏡は、シングルレンズの顕微鏡なんです。一つのガラスをものすごく精密に磨いて、球形の仁丹《じんたん》みたいにして見る。驚くべきことには、すごく精密に磨いて、それだけで、現代の私たちが使っているレンズが組み合わされた複式の顕微鏡と同じくらいの倍率が実現されているんです。でも、シングルレンズなので、焦点が合う場所というのは画像の真ん中の本当にわずかな部分しかない。だから、全体を観察するにはちょっとずつ対象物を動かしていかなければいけないし、ピントもその都度合わせなければいけないんです。でも、「見える」というのは本来そういうものなんですね。倍率を上げれば当然視野は狭まるし、暗くなってしまうけれど、そこで見える「かそけき光」というのが、本当はリアルなんです。
たとえば、今のデジタル社会ではGoogle Earthみたいなものがあって、あれは画面上のバーを動かして地球にグイーンと近づいていけば街の規模まで倍率が大きくなって、それこそ『Powers of Ten』（チャールズ&レイ・イームズ夫妻による一九六八年製作の短編科学映画）みたいな画像の実験ができたりしますけど、でも、そこには大きな嘘があります。倍率をどんどん上げていったら、光学的には画面はものすごく暗くなっていくはずなんです。顕微鏡でそれまで一〇倍くらいで見ていたものを、もっと細かく見てみようとして三〇〇倍くらいに上げたら、世界は真っ暗になってしまう。だから私たちは、光源を新たに当てて少しでも明るくしようとするんです。そういった、本当にレンズを通して見るオプティックスは光の量に支配されて、そこからは逃げることはできないのに、デジタル処理はそれを無視していつでも明るい世界を提出する。倍率を自由に動かせることの嘘臭さというのがありますよね。それは便利なんですけど、やっぱりドキドキはしない。きっと人間の本来持っている視覚のリアルさとは馴染まないものなんでしょうね。

森村　なるほど。でも、『Powers of Ten』はGoogle Earthと同じようなことをやっているのに、むちゃくちゃ面白いですよね。

福岡　あの面白さはたぶん、ミクロな世界で原子が回っているのと同じ構造が宇宙のいろんな階層にもあって、ついには銀河系のレベルにもそれがある、ということを実感できるところにあるんでしょう。

森村　確かにあれには、その意味で「宇宙」がありますね。Google Earthには、そうした極端なミクロと極端なマクロが欠如してしまっているわけですね。

福岡 世界というものは、実は裏ではミクロとマクロが円環状に繋がっているんじゃないかということを『Powers of Ten』はある意味で示唆して、世界の成り立ちみたいなことを教えてくれているわけで、きっとGoogle Earthよりもロマンがあるんですよ。

森村 たぶんGoogle Earthにはなくて『Powers of Ten』にあるもの、つまり「『Powers of Ten』−Google Earth＝□」という計算式の解の部分こそが、フェルメールやレーウェンフック、ドリトル先生やファーブルがいる場所で、デジタルの世界はその部分が欠如しているからあまり面白くないんでしょうね。

福岡 Google Earthで最大に倍率を上げても、見えるのはそこら辺の街や家なんで、微小に分け入っていく喜びというのはないわけですしね。

美術と科学の幸せな関係

森村 デジタルも科学の恩恵ではあるんですが、美術と科学ということを思うとき、フェルメールやレーウェンフックの時代というのはある意味で幸せな時代だったなと思います。今までお話ししてきたように、そこには科学者と画家が同じものを見ている、というような感覚があったと思うんですね。それはフェルメールやレーウェンフックより前の時代にはもっと顕著で、レオナルド・ダ・ヴィンチなんかは一人で両方同時にやっていた。僕はそれら過去の幸福な時代に比べて、現在というのはやはり、科学が図抜けてグーンとのし上がってきた時代だと思うんですね。

一九世紀末にはアール・ヌーヴォーという動きがありましたけど、あの運動のなかで、例えばギマールによるパリのメトロの入り口なんかは鉄やガラスでできていて、フォルムとしては曲線を多用している。これは、石の文化のなかに科学の進歩によって――産業革命の成果でもあるので「科学技術」のほうが適しているかもしれませんけど――新しい素材が登場してそれを美術が採用しているということであるし、あるいは植物学がすごく深まって、植物的な曲線の世界がある種の芸術表現になっているわけですね。すでにこの辺の時代になると、僕の印象では、芸術は科学に追いつかなければいけない、と一所懸命になっている状態のように感じます。「時代は鉄の時代だから石の彫刻なんて作ってる場合じゃないぞ!」みたいに。

そうした段階を経て、現代は本当に科学、あるいは科学技術が大手を振っている時代だなあと思うんです。今のデジタルなんかはまさにその例で、デジタル化が進むなか、コンピューター・グラフィックスを始めとして、美術家たちは大慌てで最新のテクニックをマスターして表現をするという感じになっていますよね。最近だと映画もテレビも3Dになるらしいぞ、と(笑)。

福岡　『アバター』とかですね(笑)。

森村　そうやって目まぐるしく新しいものが出てくるなかで、表現する者はそれに追いつこうと必死になっている。もし科学というものが器を提供するもの、つまりハードだとして、そしてそのなかでどういう表現をするかということがソフトだとしたら、ハードの日進月歩がものすごいことになっているので、それに合わせるべくソフトの側が一所懸命になって従順に作品を作っている、という主従の関係に今の科学と芸術はなっているように感じるんです。そして、でも福岡さんはそうした、科学に服従したような芸術にはご興味がないんだろうな、と僕は想像するんですが……。

福岡　それはなかなか面白いご指摘だと思います。六本木の森美術館で「医学と芸術展」というのをやっていますけど(「医学と芸術展　生命と愛の未来を探る――ダ・ヴィンチ、応挙、デミアン・ハースト」、会期・二〇〇九年一一月―二〇一〇年二月)、この展覧会は、イギリスのウエルカム財団という医学振興財団が世界中から集めた解剖図とか精巧な人体模型といった医学の歴史資料と、まさに森村さんがおっしゃったような、科学がもたらしたツールを使って現代アートをやっている人たち――デミアン・ハーストやヤン・ファーブル――の作品を合わせて展示したものなんです。でも、やっぱり私はそうした、例えば分子模型を集めて芸術っぽくしてみました、というような作品にはそれほど惹かれません。専門家的な目からすると、どうしてもチープに見えてしまうところがある。むしろ、人間があれこれ人体を調べてきた歴史のその資料、科学的な知見の積み重ねとして作られたはずの解剖図とかのほうにずっとアートがあると感じます。

「医学と芸術展」で私が注目していたものに《あらゆる武器と傷の位置を示す男》(以下《負傷者》)という一五世紀半ばの絵がありました。当時はいろんな場所で戦争や闘争が行われていたわけで、男たちは刀傷とか矢傷とか、そのほかにもいろんな外傷を受けることがたくさんあった。《負傷者》はそうした傷を一枚に図解した掛け軸みたいなものですけど、当時のヨーロッパでかなり流布していたらしいんです。

この《負傷者》はトーマス・ハリスの『レッド・ドラゴン』という小説にも出てくるものですが、そのなかでハンニバル・レクター博士なる猟奇的な医者は、自分のところに運ばれてきた患者の傷がたまたまその《負傷者》の傷と一致していたがために、その患者の体にさらにどんどん傷を付けて殺し、遺体を吊るして実際に《負傷者》を作ってしまうんです。昔から知っていた《負傷者》という絵にアートを感じていたからこそレクター博士はそんなことをしてしまう。

そしてその話を読んで以来、私もその《負傷者》を実際に見てみたいと思っていて、それを今回やっと見ることができたわけですけど、それはともかく、ここでわかるのは、レクター博士にも、あるいは《負傷者》に興味を持って面白いと思った私自身にも、実は同じある種の猟奇性、もしくはアーティスティックなマインドが存在するということだと思うんです。そして、私はそっちのほうにこそ「医学と芸術展」の面白みはあると感じます。人間がずっと昔からドキドキしていた、先ほどおっしゃっていたような、指の輪くらいの小さなカメラのガラスの上に世界が見えて「すごい！」って思うところにあったワクワク感をどう再現するかということに芸術があるのだとしたら、進展したテクノロジーを単に持ってきて、それで何かやりました、というのでは――「医学と芸術展」にも、皮膚の培養細胞をビーカーのなかで再現しているものなんかがありましたけど――美術としても科学としても全く中途半端だなあという感じがしますね。

森村　科学的な雰囲気だけを「アート」化したような、ということですよね（笑）。

福岡　そうしたものはつまんないですよね。

森村　僕なんかはむしろ、福岡さんの本で紹介されている『ネイチャー』の表紙のマウスの写真のほうが、そうした雰囲気だけのものよりも「「アート」だなあ」と思ったりしますね。メスなのに遺伝子の操作をされてペニスができたというものですけど、こういうことをされると表現のほうではすごく困るんです（笑）。

異議申し立てをする

森村　話を戻しますと、でも、例えば福岡さんがご興味をもってらっしゃるブルース・ナウマンとかは僕も好きで、というのは、科学に隷属するような形では作品を作っていないからです。僕個人としては、今みたいなマウスが登場してくる時代に、では芸術は何をするのかと言えば、そうした科学へのカウンターパンチみたいなもののような気がします。つまり、科学ですごく面白いことが起こっているので、それで芸術をやってみました、というのでもなく、あるいは科学の世界とはまったく無関係にただきれいな山を描きましたというようなスタンスとも違って、科学的な世界に対して視線は行っているんだけど、でもベッタリ密着するのではなく、むしろそこにパンチを食らわせようというようなスタンスですね。

福岡　今回の〈なにものかへのレクイエム〉にしても、そこにはある種のカウンターパンチがありますよね。題材となっているのは、それぞれが二〇世紀という時代にとってある種の決定的瞬間なんだけれども、その写真のなかに森村さんが入ることによって世界がひっくり返されるというか、もとのシーンとそっくりだけれども何か笑ってしまうところもあり、刺殺事件の瞬間ですら不謹慎ながらおかしく見えてしまうし、また一方で、そこにはそこはかとない希望があって、それはある種の可能性への希望かもしれないな、と思う。

そこで二〇世紀の科学というものを考えてみると——科学は森村さんもおっしゃったように、確かに技術的なものと結びついて科学技術として語られることが多いんですけど、それらは本当は別のもので、科学は世界の記述の仕方ですし、そしてそこから何か便利なものを使おうとしたのが技術です。だからその文脈においては――やはり科学もまた、技術の奴隷になっていってしまったわけです。常に新しい技術的な可能性を生み出すものとして、科学が有用なものとしてあった。そしてもしそれができないと、例えば現在なら、民主党に仕分けされてしまうわけです(笑)。しかし、たとえそれが有用でないとしても、科学はある種の世界のありかたを語ってきたことは確かなんです。

そこで、世界のありかたを生物学はどう記してきたのかということについて、教科書的な記述を見ていくと、二〇世紀最大の出来事は一九五三年のワトソンとクリックによるDNAの二重らせん構造の発見ということになっています。それによってDNAのここを入れ替えたらこうなる、というような遺伝子工学的な操作が可能になりました。それは確かにすごい発見なんですけど、でも、私は二〇世紀最大の発見はそれではなく、シェーンハイマーによってなされたと思うんです。

シェーンハイマーが見つけた世界は、「私たちの体は、実は実在しているものではない」というものでした。生命体は常に分子が流転して合成されている動的なものとしてあるのであって、たとえばそこに川がいつも流れているようでも、その水は二度と同じものではないように、私たちも常に更新されて、同じ自分ではあり得ないというわけです。シェーンハイマーが指摘するのは、だから、人間はその流れをとどめることができないというある種の不可能性なんです。人間は科学を技術に仕えさせて、神の手のごときものを手にして神に近づこうとするけれども、それは結局、不可能事なわけです。私はそういうことを述べるのが科学の大事な役割だと思うし、だからこそ、それを明言したシェーンハイマーという人間は私にとって二〇世紀最大のヒーローなんです。

あるいは、数学の世界だったらゲーデルもそうです。彼は不完全性定理ということを言った人です。それまでの数学は、とにかく論理的に定理とか定義とか公理というものを構築していくと完璧な美の殿堂としての数学の世界ができるという、ヒルベルト・プログラムに則って論理を突き詰めようとしてきたわけです。それをゲーデルは、しかし数学にはいくらやってもどうしても証明しきれないものが残るということを言って、それをひっくり返してしまった人です。

私はそういうふうに、人間がじたばたしても不可能なことがあるんですよ、と言った人は何よりもすごいと思うんですが、でも、この二人はあまり評価されていないのが現状ですね。現実に『アバター』を何千万人もの人が観に行っているわけですし。だからこそ、そういうものをひっくり返すものとしての芸術を提出されるとやっぱり、「ああ、面白いなあ」と思うわけですけど。

森村　異議申し立てをするものというのは、やはり面白いと思います。シェーンハイマーは多くの科学者が先に進もうとしているところに、いちゃもんをつけているわけですね。『アバター』とかは需要と供給で多くの人たちが求めているものを提供しているわけで、つまり、エンタテインメントとして、経済効果としてそれは成立しているものですよね。そうしたことに異議申し立てをすることは非常に嫌われるし、金にならないわけですけど、でも芸術というのも本来はそういうものであるようにも思います。

この対談が収録される雑誌の特集のサブタイトルも「鎮魂という批評芸術」となっていますけど、たしかにある種の批評性は芸術には本来あるべきものなんでしょう。きっとドリトル先生にしても、一般の経済社会のなかでは困った人ですよね。ちゃんと働いてもらわなくちゃ困ってしまう（笑）。

福岡　ああしたタイプの人は、今だと猫屋敷を作っちゃう人みたいに近隣住民の鼻つまみになっていたかもしれない（笑）。

森村　ゴッホだってレンブラントだってみんな困った人たちなわけで、そして、そうした人たちというのは、みんなが当然こうだと思っていることに対してある種の異議申し立てを行うがゆえに困った人なんだけど、異議申し立てをする側にもそうせざるを得ない言い分があるんですよね（笑）。そして、本質的にドキドキするようなものは、そうした異議申し立てをするような、実はいささか困ったものとして登場するものだと思うんです。

福岡　そうですね。一度『ドリトル先生』の話がアメリカなどで現在どういうふうに受容されているのかと興味を持って調べたことがあるんですけど、今はアメリカやイギリスで『ドリトル先生』はほとんど売られていないし、また読まれてもいないんです。ドリトル先生は旅先のアフリカで捕まって、そこから脱出するために黒人の王子様を騙して「お前を白くしてやる」とか言ったり、現代社会ではなかなか許されない話題がたくさん入っているので半ば発禁状態になっているみたいです。たしかにPC（ポリティカル・コレクトネス）に違反することも書いてあるとはいえ、しかしドリトル先生ほど豊かな旅をした人はいないのも確かなんですよね。月にまで行っちゃったり、ノアの方舟の時代まで遡ったりもしている。

そうした豊かさというものは、例えば『ロード・オブ・ザ・リング』にはない。やはり、そうした豊かさをどういうふうに継承し、あるいは回復するのか、その大切さを伝えていく必要があると思うんです。

スモールサイエンスの可能性

森村 そこで大事なのは「小さな世界」ということだと思いますよ。『ドリトル先生』にしても、何万人もの軍隊が攻めてくるような規模の話とは違ってすごく小さな話ですよね。レーウェンフックやフェルメールにしても、本来はみんな小さな話なんです。小さい世界の喜びとでも言いましょうか。でもそれは大事なことで、もしもそこが失われてしまうとすべてが万博化してしまう。万博のように大きなイベントを開いて大きな集客を求めてしまうと、どうしても平均値をとらないといけなくなって、面白くないものができあがってしまう。一方で、小さな世界はある種マニアックな世界なので、何千万もの人を集客できるものではもとよりないんですけど、でも、その小さな世界がもたらすジワッとした痕跡みたいなものが貴重なんだと思います。

そういえば以前、浅田彰さんも、僕の蔵書に『ドリトル先生』があるということに福岡さん同様、ものすごく反応していました(笑)。

福岡 ああ、そうですか(笑)。

森村 だからきっと、「『ドリトル先生』反応型人間」というのがあるのかもしれないですね(笑)。現在はかなり忘れられている世界ですけど。

福岡 たぶん『ドリトル先生』を好きになる少年は、社交的でなくて、あまり友達もいなかったり、いじめられていたり。それで仕方なく物語の世界に入って行ったのかもしれないですけど……。

森村　まあそうですよね。でもその人たちの反逆がこれから始まるんです（笑）。

福岡　あはは（笑）。でも、確かに「小さい」というのは大事な言葉だと思います。私は、科学は本来的に役に立たないものだと思うんですけど、しかし、仮に役に立つサイエンスの芽があるとすれば、それはスモールサイエンスからしか出てこないんです。

今は重点研究として何億ものお金が、スーパーコンピューターとか再生医療とかガン治療研究に配分されています。でも、その選択と集中によって巨額の予算が投入されるところに一体どれだけの成果が出ているかと言うと、非常に浪費的なことが起きている。もちろん科学には、ロケット開発とか、超加速器を使うものとか、巨費が必要な巨大プロジェクト型のものもあるんですけど、しかし、実は科学のほとんどは、ある人が「これは面白いな」と思ってちょろちょろやるような個人的な営みなんです。だからそんなにお金は必要なくて、年間で数百万円とかあればなんとかやっていける。科学振興って本当は、そうしたものに広く浅くばら撒いておくことくらいでしかできないんですね。もちろんその大半は役に立たないんですけど、でもそれでいいんです。

たとえば二〇〇八年にノーベル賞を獲った下村脩先生はクラゲが青白く光る原因の発光タンパク質を見つけた人ですけど、彼はそれが何かの役に立つと思って調べていたわけではありません。月も星もない真っ暗な海のなかでクラゲが光っている、その美しさにまず魅せられて、クラゲをたくさん集めてきてそこから光の物質を取り出そうとするなかで、光るタンパク質を見つけたんです。彼としてはそれで満足だったはずで、その研究自体もそのまま何十年も放っておかれたんですけど、後にアメリカの目先の利く人たちが、細胞のなかで物質が動くときのマーカーとしてその発光タンパク質を使えばすごく便利だということに気付いて、それで儲けた人たちがたくさんいた。そうして脚光を浴びるなかで、では最初に井戸を掘った人は誰か？ということで下村さんもノーベル賞に名前を連ねたというわけで、言ってみたらわらしべ長者みたいなものなんです。最初は何物になるかわからないものが役に立ったわけです。

でも、ここで大事なのは、最終的に「役に立った」ということではなくて、実は科学研究の大半は下村先生的なものとしてあり、そしてそのほとんどは今や図書館の書庫のカビ臭い文献のなかに埋もれた沈殿としてあるということです。そうした本来的には何の役にも立たないもの、ただ「知りたい」ということだけに根をもつものとしてスモールサイエンスはあって、そしてその根からしか有用な芽は出てこない。つまり、大事なのはその沈殿の厚みなんです。

だから、森村さんがおっしゃるようにスモールなものに個人的な意味を見つけること、センス・オブ・ワンダーというか、「これはすごいな」「きれいだな」「なんでこんな形なのかな」と思うことに拘泥するようなところに根を持つものが、もしかしたらかえって、本質的には世のためにも資することになるのではないでしょうか。

女装する時代

森村　今回の個展は、最初にも言ったとおり、「二〇世紀へのレクイエム」であると同時に「男たちへのレクイエム」でもあります。僕は、〈女優シリーズ〉といったふうに、これまでは基本的にずっと女系でやっていたんですが、今度は男系になった（笑）。基本を男に据えようと決めた時には特に論理みたいなものは考えてなくて、「これだ！」と直感で始めたんです。でも、福岡さんの『できそこないの男たち』を拝読すると、やがて男は滅びるだろうと書いてある。だからそういう流れのなかで、僕がこういう作品を作るということは、まさに「滅びゆく男へのレクイエム」なのかな、という気が後になってしまいました。

そうした「滅びゆくもの」というのは、美術的に言えば、えも言われぬ美しさに満ちたものなんです。僕は二〇世紀は本当に写真の時代だったと思いますけど、二〇世紀は終わってしまったし、写真もまた、デジタル技術などもあって終わろうとしている。『ドリトル先生』の世界も――僕たちの野望にもかかわらず――終わろうとしているのかもしれないし、フェルメールやファーブルもまた、今の時代では本質的に終わってしまっているのかもしれない。

ただ、一つ言えることがあって、それはさっき言ったように、芸術表現というものはすべて、終わったものへのレクイエムとしてあるとき非常に活き活きする、という逆説的な事実なんです。小説にしても大体のものは過去形で書かれるわけで、それは記憶の世界ですね。すべては記憶のなかの過去の世界を、今という時間にどうやって移し替え、そして活き活きさせるかということに尽きている。だから、写真の時代が終わろうとしているのは僕にとってはチャンスでもあるかな、と(笑)。

僕のやっていることは、ある意味で非常に古臭い、古風なことなんですけど、それがドキドキする表現の原理というか、とても大事なところだと自分では捉えているので、「楽しくレクイエム」みたいな感じでやっているところなんです。きっと、これからこそ写真は本当に面白くなり、ファーブルも『ドリトル先生』もフェルメールもまた、本当に面白くなっていくのではないかなと思うんですね。

男についての話に戻りますと、今は「女性の時代」だということがよく言われています。でも僕は、実は「女性の時代」ではなく「女装の時代」ではないかと思う。そう思ったきっかけは、今の若い女の子たちのメイクを見たときなんです。自分もメイクをして女装をするわけですけど、そうして女になるにはかなりのテクニックがあって、ヒゲをカバーするために被覆力の強いメイク用品を使ったりとか、ウィッグや付けまつ毛、アイメイクでもバキッとさせるのに非常に強いものが必要です。基本的に、男の要素を消すためにはケバくしなくてはならない。ところが、今の女の子たちのメイクを見ると、そうやって自分が今まで女装としてやってきたメイクを、そのまま再現しているように思えてしかたがないんです。

僕が〈女優シリーズ〉をやっていたのは一九九六年ですけど、当時は付けまつ毛なんて映画のメイク用品を売っているような非常に限られたお店にしかなくて、それなりの値段だったのが、今では一〇〇円ショップでさえ売っている。付けまつ毛が、誰でもするようなものになっているんですね。

そこで、どうして化粧がケバくなったのかと考えるんですけど、一つこういうことは言えるなあと思うのは、実際のところ男性の力が衰えて女性の力が強くなったのかどうかはわからないけれど、少なくとも、男性と女性の差異は限りなく縮まってきていると思うんです。そして、もし男と女の間に大きな差異があるからこそ男と女という意識がこれまではあったのだとしたら、男女の性差がほとんどなくなった現在では、両者はイコールで結ばれてしまうわけです。そうして男女がイコールで結ばれたとき、では女は、どうやって女を確かめたらいいのか？　きっと女は、もう素顔では女でいられないと思うんです。

福岡　だからこそ女が女装するわけですね。

森村　女が女になることをやらなければ、女としての自分というものを確保することができない時代になりつつあると思うんですよ。素顔だと男も女も変わらない。男は一般に草食化していると言われていますけど、男にしても、たとえスカートは履かずとも、女装をファッションに取り入れているところがありますよね。そうすると、今の時代は男も女もみんなが女装する時代だなあと思う。

そうしたことを考えながら、ふと自分の経験を思い出すんです。僕はマリリン・モンローとかブリジット・バルドーになったりするんですけど、そうすると一応、女優なのでスターとして輝く必要があって、人が見ている前でバーンと女優然として立つんです。人には「マリリン・モンローになったご気分なんでしょうね」とか言われたりして、たしかにちょっとそうした気分もあるんですけど(笑)、でもそれ以上に実は、見た目がマリリン・モンローとかの女性になっている場合、心はかえって男になっているなあ、というのが実感なんです。

女装というのは、女という名の鎧兜を着ているような感じのものなんですね。柔らかくて弱々しいヒールのある靴やドレスというのは、上手にあつかうと非常に強い鎧兜になるもので、つまり裸でそこにいるようなものに対して銃を向けるのはとても強い抵抗が生まれるんです。しかし、そうやって体を張って一人で世界を相手に立たなければいけないというその心境はかなり男気のあるもので、だから女優というのは心は男なんじゃないかなと思ったりもするんです。

では逆に、男性の姿かたちをしている人はどうなのかということで、またふと思ったのは、イエス・キリストという人は男だけど、でもあんなに心が女性的な人はいないのではないかということです。最後には磔《はりつけ》になって槍で脇腹を刺される。あれはほとんどレイプですよ。岡田温司さんの『ミメーシスを超えて』によれば、キリスト教のある宗派ではその聖痕を辱にしたり、女性器に置き換えたりすることがあるそうなんです。すると、そこでは男性と女性が並立しているわけで、そういうことを思うと僕のなかで、男と女という関係についてめまいが起きてくるんです。僕は男だから染色体はXYだ、というような単純な感じではなくて、自分のなかのXが表に出ると裏でYが作用し、Yが表に出ると裏でXが作用するというようなところが、自分の感覚としてはあるんです。

そうやって、再び世の中のことについて考えると、男の時代が終わってくると、論理上は福岡さんが本で紹介しているような女だけのアリマキ的な世界になるわけです。そうなったとき、アリストファネスの喜劇みたいに平和な時代、つまり二〇世紀に男たちによって行われた、革命やら暗殺やら、あるいはファシズムといったキナ臭いことが全部終わって、いよいよXXだけの満ち足りた世界がやってくるのかというと、それは何か違うんじゃないかと思うんです。なぜかというと、今の女性たちが非常に頑張っているあの姿をみると、まさに僕が、外見はマリリン・モンローになって、でもその心は男であったと同様に、現代のケバいメイクをしてすばらしいファッションで身を固めている女性たちの心のなかはかなり男性化してきているに違いない。そうすると、XXは決して満ち足りた世界ではなくて――これはSF的になりますけど――、ひょっとしたらXXのどこかの部分で意識的な突然変異のようなことが起きて、自分を男性化していることすらあり得るのかもしれないと思うんです。男が終わった後の世界にはちょっと興味がありますね。

福岡　確かに生物学の世界でも、Y染色体はどんどん劣化していって最後にはなくなるんじゃないかと言われていたりします。社会的にも、家庭というものが必ずしも子供を育てるという機能だけを担うものでもなくなっていることもあり、また、子供を産むということだけが女性の人生の目標というわけではなくなったこともあって、だんだんと男の相対的な意味がなくなってきてもいる。消費の主体もむしろ女性になって、百貨店に行ったらフロアの大半は女性ものしか売っていない。そういった意味で、男がダメになってきたがゆえに、女性に本来は必要でなかったはずの、女性であることの存在理由が必要になってきたという森村さんのお話は、意外と面白いかもしれないですね。

でも、それがこの後どこに行くのかということについては、私にもよくわかりません。ただ、Y染色体がなくなってしまったとして、そうすると今の男は滅びちゃうんですけど、たぶん女性は、そうなってしまう前に新しいかたちの男を生み出すのは確実だと思います。それはきっと、SRY遺伝子という、女性を男という使い走りに変えてしまう遺伝子を、Y染色体ではないどこか別の染色体に移すかなにかして次の仕組みが作り出されるということになると思いますけど、それが何億年先の話かはわからないですね。ただ、女性のなかに常にあたらしいものを作っていく力が内包されているのは間違いのないことで、ひょっとすると、すでにそれが胎動を始めているのかもしれないし、あるいは、ただ社会的な関係性の強弱として男が相対的に弱くなってきたので、女性が女性としてのレゾンデートルを求めて女装する時代になっているのかもしれない。それは面白いことではありますけど、私にも見極められません。

森村　福岡さんが今「何億年」とおっしゃったのは、自然の摂理の枠内のことですよね？　ただ、人間は本当に奇妙なことになってきていて、つまり僕なりに言うと、「科学者なんぞというものを生み出してしまった」わけです。そうすると、それこそ本当にSF的なイマジネーションになってしまうけれども、遺伝子工学的な操作を加えることで男女の性の選択は、発生の段階に限らず、常に恣意的に操作することだって不可能ではなくなるかもしれない。そうなれば、今や「男になる」「女になる」ということは、順列でいろんな可能性を秘めていることになる。つまり、男が女になったり女が男になったり、あるいは女が女になること、男が男になることも一つの選択になる。私は女だけれども、男の持っている筋肉の瞬発力と女の持っている生命の免疫力というものを兼ね合わせた存在になりたい、という願望を満たすことだって不可能ではなくなってくる、というような帰趨《きすう》を想像するんです。

福岡さんは何億年とおっしゃったけど、現代のスピードの状態を見ていると、自然の突然変異といった進化論的な長い期間の変化を待つことなしに、科学技術がそれをやらかしてしまって、そんなに長くない先の時間に、女なんだけど男の能力を持ち合わせていたり、男なんだけど女の能力を持ち合わせているというように、部品を自由に組み合わせることはきっと可能になるし、男女というものの問題が男の衰亡によって解消する方向に向かっているとすれば、そういった選択といったものが当然のように望まれるであろうことが、頭のなかで容易に想像できるんですね。そうすると、一体人間ってどこに行くんだろうとやはり思うんです。

もう一つ同じようなことで思うのは、これは男女の関係ではないけれど、今の人たちは誰もが父と母を持っている。たとえ父親の顔を知らない人でも生物学的な父親が必ずどこかにいる。実は、そのことを大前提としてフロイトもあったし、エディプス・コンプレックスの話もあったし、僕らの夢の内容もあったんだろうと思うんです。それが、今後の技術を使えば父と母を持たなくても人間が生まれるということになったとしたら、その人はどんな夢を見るんだろうって思うんですね。フロイトは成り立たなくなるんじゃないかと想像できる。

そうすると、ゴーギャンは晩年に《われわれはどこから来たのか　われわれは何者か　われわれはどこへ行くのか》という大作を描きましたけど、この「われわれはどこへ行くのか」という問いはものすごく深いというか、不気味というか、不思議というか……。きっと今からわれわれが向かう先は、かつて考えられていたような未来とはまったく違った様相になってきているような気がします。

僕は今回、二〇世紀の話を題材にしてそれに鎮魂をささげて、それはそれで終わったからいいんですけど、でもこの先についても——まあそれは僕の知ったことじゃないけれど(笑)——いささか気になってしまうところもあるんですよ。

福岡　まあそうですね。なかなかまとめることはできないお話なんですが、確かに技術的な生命操作の可能性としては、男を女にしたり女を男にしたりということはあり得るとは思います。ただ、やはり生命体というのは時間の関数としてずっと動いてきているので、ある変化を操作的にスピードアップさせてしまうと、必ずそのことに対するリベンジがその仕組みのなかに起こるんですよ。でも、それがどんなふうに起こるのかはわからなくて、まさに先の不完全性定理のように、科学の因果関係のロジックからは導き出せないんです。だから、実際のところそうした方向に行くとはあまり思えないし、また行くべきではないと私としては思います。
しかしながら、そうした、良くないことが起こるかもしれないから留保しようというような注意を喚起する立場というのは、実は、科学者のなかからはなかなか出てこないんです。特に、技術者からは出てこない。だから、さっきの話を引き継ぐと、科学者も、あるいは芸術家Mも、現代社会においては役に立たないという意味では社会のお荷物なのかもしれない。でも、森村さんが経験としておっしゃった、マリリン・モンローになったときに自分はひょっとしたら男かもしれないという示唆を得たという経験は、単にパーツとパーツを替えれば男と女は転換できますというような思考法に対するある種の文学的なアンチテーゼでもあるわけですよ。だから、きっとそういうところにこそ、技術の奴隷としてではない本当の意味での科学と芸術との交流というものは成り立つのではないかと、これまでの話を聞いていて思いました。
まあ、でもそれはいずれにしても、常にグノーシス派のような社会の少数派としてしかあり得ないというか……。

森村　そうですか(笑)。

福岡　なので、結局は『ドリトル先生』としてあればいいんじゃないか、というのが今日の結論でしょうかね(笑)。ただ、今回の森村さんの個展にしても、そうしたものがきちんと開かれて、そこになにかがあるんじゃないかと思ってみんなが観に来るわけですから、世の中まだ捨てたもんじゃないな、とも思いますけどね。

(初出『ユリイカ』二〇一〇年三月号)

第二章
三島由紀夫という宿題を解く ―― 小説家との対話
× 平野啓一郎
（二〇一〇年三月二八日、東京都写真美術館）

《セルフポートレイト　駒場のマリリン》1995/2008年

平野啓一郎（ひらの・けいいちろう）

小説家。一九七五年愛知県生まれ。一九九九年、大学在学中に『新潮』に投稿した『日蝕』により芥川賞を受賞。著書に『滴り落ちる時計たちの波紋』『葬送』『決壊』『かたちだけの愛』『ドーン』ほか。

森村　私、今日は大変緊張しております。というのも、壇上に立ってしゃべるということ自体、本来とても苦手だからなんです。と言うと、聴いてくださる皆さんに失礼だけれども、私には「言葉」というものが重荷に感じられます。「言葉」がこの世にないほうが嬉しい。美術作品をつくっているだけのほうがずっといい。ところが、今日これから一緒にお話をする平野さんは、「言葉」の専門家です。それで私は緊張せざるを得ないんです。

ところで何度か平野さんをテレビで拝見しているのですが、私は二重の意味で、平野さんの目が好きですね。

平野　そうですか（笑）。

森村　目は大切です。「二重の意味で」と言うのは、平野さんの目には、いつもやさしい微笑みがある。でも、平野さんの書く小説は、ああいう涼しい目とは対極にある世界です。この笑みを目に絶やさないで、あれを書くのかと想像すると怖いですね。しかしそういうところにこそ、平野さんらしさがあるのかなあとも思ったりいたしました。

平野　テレビではやはり、僕は臆病だと思うんです。自分の言うことがどういうふうに取られるか、と思ってしまう。だけど不思議ですが、小説は何を書くのも平気で、自分のなかで湧き上がってくるものがあります。同じことをテレビの前で言えとなると、ちょっと考える。そこが、自分がテレビ向きではなくて、小説に向いているところなんだろうなと思うんです。

封印されてきた三島由紀夫

平野　三島由紀夫の演説の作品《烈火の季節／なにものかへのレクイエム（MISHIMA）》は、ほぼ準備された原稿のとおりなんですか？

森村　かなり用意周到です。草稿を練って、お稽古を積んで演説しています。ただ、草稿と大きく違っているところが一つある。「一九七〇年一一月二五日、何が起ったか」、その後に続く――「万博ではないぞ」。あれは思わず出た計算外の言葉でした。

平野　そうですか。なぜ出たのか、思い当たるところはあるんですか？

森村　僕は一九七〇年すなわち、大阪の千里で開催された万博の年、一九歳で大阪におりました。万博という未来を明るく予言する大きなお祭りがあった同じ年に、三島由紀夫の市ヶ谷のクーデター未遂事件という、万博とは対極にある言わば「闇の祭り」があった。一九歳の私はこの事件を、強烈に心身に焼きつけてしまったようです。

平野　三島の作品も読まれていたんですよね。

森村　高校二年くらいまでは、まったく本を読まない青年でした。高二のときに急に物心がついたのか、三島や大江健三郎、安部公房を、むさぼるように読みはじめました。読むと、何だか危険な世界に足を踏み入れているようで胸騒ぎがするんですね。それで次々と読んで行くのだけれど、書かれている内容については、実はよくはわからなかった。

とりわけ三島は気になりました。当時は、進歩的な人間とは左翼的思想の持ち主であるというスタンスが定番でしたから、三島は異質の存在で、いささか時代錯誤にすら見えました。なのに、三島の小説を読んでいると、ここには自分がかかわらなければならない何かがあるという、なんと言うか、惹きつける魔力を感じていたんです。そんな前振りがあって、一九七〇年の割腹自殺という事件にいたる。混乱してしまって整理がつかず、三島的な世界は解決不可能なよくわからないものとして、心の奥に長らく封印してしまった。おそらくは、世の中自体が三島を封印したのです。封印することによって、人々も社会も大人になっていき、皆さん、それなりの地位に就かれて――、という具合に、三島的なるのものを記憶の金庫に入れて、鍵をして、次に進んでいった。

そんなわけで自分自身も、どうしていいかわからず、三島を保留状態にとどめていたんですが、しかし実は折々に小出しにはしていたんです。例えば、一九八六年に制作した、《肖像(泉1―3)》という作品(一四四頁)があります。アングル作の名画《泉》をテーマにした三部作ですが、三点のそれぞれにつけた当初のタイトルは《ミ》《シ》《マ》だったんです。

平野　東京大学の安田講堂でモンローをやっている作品(本章扉)も、三島と関係してますよね。

森村　一九九五年に、駒場の九〇〇番講堂で、僕がマリリン・モンローになって登場するパフォーマンスをご披露したのですが、ご存知のように、九〇〇番講堂は、三島が思想的に対極にある全共闘の人々と大討論会をした場所です。

セルフポートレイト（女優）／バーグマンとしての私・1、1996年

イングリッド・バーグマンをテーマにした僕のセルフポートレイト作品があるんですが、ハンフリー・ボガートとバーグマンが別れるシーンで、後ろに軍用輸送機があるシーン、あれをやりたくて、岐阜の自衛隊敷地内でロケをさせてもらったことがありました。僕は、大学を卒業して就職後、たった三日で辞めたという、情けない経歴をもっているんですが、なぜ辞めたかと言うと、就職して四日目から体験入隊で自衛隊に行かなければならなかったからなんです。僕は敵前逃亡して、寮から逃げ出し、そのまま帰らずに会社を辞めた。ですから、僕にとって自衛隊はトラウマで、「自衛隊問題」は人生のどこかでいずれ解決すべき宿題として残されていた。そしておよそ二十

年の歳月を経て、やっと自衛隊の門をくぐることができたわけですが、このときのいでたちは、「バーグマンとしての私」というオンナのいでたちだったんですね。

で、行ってみると、自衛隊はすごくいいところなんです。「撮影の背景にジープが必要なんですけれども」「はい。わかりました。じゃあ、ジープを二台、支援」という感じで、丁重に扱っていただきました。三島はオトコとして自衛隊に乗り込み命を絶ったけれど、僕はバーグマンというオンナで入隊して、それで生き延びて出ていきました。

平野 森村さんは、三島の体験とかなり重なっていますね。三島は入隊検査のときに、自分の本籍地があった兵庫県で受けて、合格しなかった。僕の三島観では、戦争に行かなかったということは、彼のなかですごく大きかったと思います。たまたま健康で貧しかった、自分と同い年の人たちが戦争でたくさん死んでいる。自分は体が弱かったお陰で生き残ってしまった――。それで、彼が昭和四十年代に自衛隊に体験入隊したときに、自衛隊は、森村さんがおっしゃったみたいに、やはり親切だったと思うんです。

森村 そのときはもう、三島由紀夫はかなり高名な小説家だったわけですね。

平野 そうですね。自分がとうとう参加できなかったマッチョな「軍隊」に――と言うか、軍隊的なものですね、軍ではないというのが三島の苛立ちでしたから――まぁ、とにかく、そういうところに若者を率いて行ったとき、向こうはすごくウェルカムだった、という経験を三島はエッセイに書いています。いまお話を伺って、森村さんが経験されたことが図らずも、実は、三島を理解していくうえで、一つのすごく的確なステップになっている感じがします。とにかく、一度目はなく、二度目に歓迎されたと。

僕は一四歳のときに『金閣寺』を初めて読んで、そのときの印象は森村さんと似ていて、「なんじゃ、こりゃ⁉」という感じでした。とにかくやたらと絢爛豪華な文章で、しかも暗い。だけどいままで自分が読んできた本と全然違っていて、すごく禍々《まがまが》しいものに触れている感じがしました。本当にそのときは、寝食を忘れてページをめくった。あんな経験は、後にも先にもないです。でも、正直、よくわからなかったんです。その、何かわからないという感じが、自分のなかに強く残りました。

小学校のときの教師が、「昔、三島由紀夫っていう頭のおかしい人がいて、自衛隊に乱入して、切腹して死んだ」という話をしたことがあったんです。それ以来、そんなに頭のおかしい人ってどんな人なんだろうと気になっていました。それで本屋に行くと、新潮文庫が、オレンジ色のものすごいインパクトのある表紙で、「金閣寺」と全部、文字。いまは変っちゃったけど、あの装幀は傑作だと思います。その字面が、それまで見ていた『こころ』とか、『雪国』とかいうタイトルとは違って、すごく鮮烈で、それで手に取ったというのが最初でした。それから、三島の文学だけではなくて、死に方とか生き方とか、すべてにのめり込んでいきました。

たまたま二週間前に、三島由紀夫没後四〇周年を記念したシンポジウムがドイツのベルリンであって、僕も参加しました。ヨーロッパで三島はすごく人気があって、作品から入る人ももちろんいますが、写真や映像から入る人も多いみたいです。特にグイド・レーニの《聖セバスチャンの殉教》を三島が真似して、篠山紀信さんが撮った写真が、ゲイカルチャーではアイコンになっている。ロシアの地下のバーで、みんながあれを着て集まってる、とか。考えてみると、あれも《聖セバスチャンの殉

肖像(ゴッホ)、1985年

教》に「なる」ということですね。あとはYouTubeで検索すると、若い人がたくさん三島の映像をアップしています。三島はメディアをかなり意識した作家でしたが、死後もそれは成功している。

僕も、文学だけでなく、彼という一人の人間にすごく興味がありますが、そのキーワードは、「わからない」というものです。今回の森村さんの展覧会を拝見して、またわからなくなったんですけど、その「わからなくなった」という体験は、すごく豊かな感じがします。

つまり、僕の本業は小説を書くことで、絵を見るのは好きで見ているんですが、アートに関心をもち始めた頃は、カンディンスキーとかの絵をわかるようになりたいと思っていたんです。しばらくしてそれなりに知識もついて、いろいろなものがわかるような気がしてきたときに、絵を見るのがすごくつまらなくなってしまった。絵を見てわかったような感じになっている自分に、嘘くさいものを感じてしまう。そんなとき森村さんが、「絵を見ても正直、何かよくわからなかった。それで、絵のなかの人物になってみるということを思いついた」といったことを書かれているのを読んで、僕にはすごくピンと来たんです。

実際、森村さんの〈美術史シリーズ〉を見るとやはり、わかっていたはずのことがだんだんわからなくなってくる。今回も、いろいろな歴史上の偉人や事件の作品をずっと見ていると、「何なんだろうな、これ」という感じがしてくるんです。それがちょうど、森村さんが三島を読んだときに、「なんじゃ、こりゃ⁉」という感じがあって、さらに三島の切腹でまた頭に染みついてしまったという話とすごく結びついて、わからないという認識こそが重要だ、という感じがしたんです。

切実な何かに向って表現する

森村　わからないということについては、まさにそのとおりだと思います。だけれど、おそらく平野さんも含めて、表現ということをやっている本人は、何かとてつもない切迫感があってそれをやっているはずです。わかるべき何かはあるんです。でもそれが何かは、名状し難い切迫感としてしかわからない。わからないけれど、わかっている。そういう不思議なところが、表現というものにはありますね。
かつて、自らがゴッホの自画像に扮して写真に撮るという作品(前頁)を手がけましたが、しばしば、「なぜまたゴッホにおなりになったのですか」と聞かれるんですね。この「なぜ」というのはなかなかつらい質問です。「確かにこれはわからんだろうな」と自分でも思ってしまいますから。だって単にゴッホになっているだけなんです。古いギャグで申し訳ないけれど、昔の人が風邪をひいたときに湿布を首や頰に巻きますね。それがゴッホの耳に当てた包帯と似ているので、「ごっほ、ごっほ」と風邪をひいている、というような吹き出しをつけたパロディをよく見かけました。ああいうのはわかりやすいんです。おかしいかどうかわからないけれども、作者はおかしいことをして笑いを取りたいと容易に察知できますから。

でも、単にゴッホになっただけ、というものを出されても、確かにわからないだろうなと思うんです。しかし作者の自分としては、それをなぜか一生懸命やっている。何かあると思ってかなり燃えている。これが、表現の不思議なところです。

平野 そうとしか言いようがない感じは、すごくわかります。僕はスタイルの違う作品をいろいろ書くんですが、そうすると、「いろいろなことができるから、いろいろなことをやってみせてるんでしょ」と言われることがときどきあります。だけど、例えば『葬送』(新潮文庫)という小説は二五〇〇枚くらいを、三年くらいかけて書いたのですけれども、よほど何かないと、そんなことできないですよ。

森村 そうですよね、確かに。

平野 こっちは七転八倒しながら、何か、自分のなかに確かに切実なものがある、それをがむしゃらにやっていくんです。だから、森村さんがいろいろな絵になったり、歴史的な事件をやったりするのと一緒で、僕も、なぜとも知れないけれども心惹かれる世界を書くというのは、ある意味、その世界になっているんだと思うんですね。

さっき目の話をされましたが、ドラクロワという画家は、普段はものすごく紳士的で品のいい人で、「あなたみたいに優しくていい人が、どうしてあんなに気持ち悪い絵ばかり描くのかしら」と言われていたという話が残っています。でも、僕はよくわかるんです。僕も、自分が絶対に許せないような人間になって書くことがあります。その人を魅力的だと思っているわけでもないし、じゃあ、けしからんと思っているのか、それもわからないんですけど、でもその人になっていくなかで、わからないことが、自分の体感としては何となくわかるような感じがしていくんです。

それが表現のところに行くまでにもうワンステップあると思いますが、「なる」とか「なりたい」とかいう感じは、ものをつくっていくときの動機になる。いま話を聞いていて、小説を書くこともそうだと思いました。

森村　平野さんの『決壊』（新潮文庫）にも、弟が殺される非常に恐ろしいシーンがあって、それを書いているときの平野さんは、おぞましいという感覚と同時に、ある種の快感も伴っていたんじゃないかと想像してしまいました。僕の表現手法である「なる」という体験を想起しつつ、そんなふうに自分なりにわかろうとしていましたね。

自己否定をする回路

平野　今回の、ケネディ大統領を暗殺したとされるオズワルドが殺されるシーンの作品（本書カバー）でも、殺すほうも殺されるほうも見ているほうも、全部森村さんがされていますよね。あれはやっぱり、内側からつくっていくものなんですか。それとも、型を真似していくなかで、だんだん自分がそこにいる人間にチューニングされていくんですか？

森村　まず型を決めることで、中身が生まれる。外側をガラッと変えてしまうことで、その器に入っていく何かが自然と現れてくるという手続きだと思うんです。

話したいことがいっぱい出てきたんですけれども、一つは、平野さんの『決壊』もそうですが、僕の作品も殺しの世界がいっぱいあって、でも小説であり写真ですから、実際には殺さないし、死なないんです。三島はその一線を越えました。一九七〇年をリアルで知っている世代にとっては、これはものすごく大きなわからなさの問題なんです。三島由紀夫はあの実際に起った事件と酷似したテーマを、繰り返し小説のなかで試みてますが、やがて一線を越えていく。その意味、「それは何で、またそれはなぜなされたのか」という問いに答えられないままでは、三島の問題は納得いく形でつかみきれないと感じてしまうんですね。これは、三島のわからなさの一つではないかと思うんですが、どうですか？

平野 三島はなぜ死んだのかということには、いくつかの理由が重なったんだと思いますが、一つは、東大の安田講堂で学生たちが立てこもったときに、誰か一人くらい自殺者が出るかと思ったら誰も死ななかった。どうして、あそこで徹底抗戦して自殺するような人が出てこなかったのかわからない、ということを、三島は死ぬ直前のインタビューで言っていました。ギリギリまで政治活動に身を投じるのだったら死ぬまでやるのかどうか、というような世代の雰囲気、誰が一番本気でやっているのか、みたいな状況はあったのではないかと思います。彼は言行一致にものすごく拘《こだわ》りましたから。

ベルリンでドナルド・キーンさんと話していて、「実際に、晩年の三島ってどんな感じだったのですか？」と聞くと、「三島さんはもう、死ぬほど世の中に退屈してました」、と。「欠伸《あくび》、欠伸の連続」で、とにかく生きていても面白くない、と言っていたそうです。最後の演説も結局、自分の要求が通ると思ってやっていたとは思えません。全否定されることはわかってやっていたはずで、全否定された挙げ句に、最後は自分で最終的な自己否定のような形で腹を切る。この思考回路は何なのかと、僕は改めて考えました。

僕は、三島の最後の演説シーンをこれまで一〇〇回か二〇〇回か見てきましたが、森村さんの作品を拝見して、すごく単純なことに気が付きました。たまたまかもしれませんが、テラスを乗り越えないように小さい棘《とげ》みたいなものが並んでいるのが、何か刀のパロディに見えるんです。最終的に三島が自分の腹を切ったのは一本の刀でしたが、突きつけられていた刃はたくさんあったことの象徴に思えました。

結局、三島は誰に向って何を言っていたのかという感じがして、一人の人間に対して彼が語るのであれば、話のしようがあったのかもしれないけれども、実際には自衛隊だけれども、どこともつかない場所に向ってずっと演説をしている。最終的にそれに対して否定的なリアクションしかこないというのが、無数に並ぶ刃みたいなものに象徴的に重なって見えた。

森村さんの作品の最後は、ぽかんとした、三島の『豊饒の海』の最後の場面みたいな、日差しが夢うつつのような感じで広がっている。いままで何となく理解していた三島の演説のシーンの、自分のなかで固まっていたものが、一瞬、無重力状態になって、落ち着きどころをなくしたような感じがしました。

三島は戦後社会そのものに対してすごくネガティブでした。三島の小説には、生き残ってしまった人がいかに孤独かというテーマが何度も何度も出てきます。特に、「認識と行動」が『金閣寺』でも大きなテーマになっていて、行動する人間に対して、見ているだけの人間というのは、やはり三島の戦争体験に根ざしているのではないかと僕は思うのですけれども、何らかの形で、どこかで自分に決着をつけなければいけない。そういう感じはあったのではないかという気がします。

文化的性転換への試行錯誤

森村　戦前から戦後へと生き残ってしまった三島像というのはよくわかります。確かに、三島のわからなさは、重層的で非常にもつれたものとして人間の心のなかにあるもの、そういうわからなさなんでしょうね。

この前対談させてもらった鈴木邦男さんによれば、あれは三島の事件ではなくて、森田必勝の事件だと言うんです。森田は、三島の首を切ってそのあと自分も果てた人ですが、森田が三島に決起をうながしたのだというのが、鈴木さんのとらえかたでした。若い彼らが「三島さん、一丁やりましょうよ」と言ったことに対して、高名になっていた三島は応える道を選んだ。実際の推進力が、若い森田だったという説は、なかなか生々しくて説得力がありますね。

それからもう一つ、僕は〈女優シリーズ〉から〝男性シリーズ〟に転向したわけですが、ちょうどそれが、三島由紀夫が歩んだ道に近いなとも感じてしまいました。三島由紀夫という人は、徴兵検査に合格しなかったように、男性として――ジェンダー論としての男と女と、生物学的な男と女を未整理のまま言ってしまいますが――、当初は、ひ弱な、文学などをする人だった。

一般的には、それは雅《みやび》なものとして女性的とも言うけれども、それもちょっとおかしいので、例えば「カルチュラル・セックス」と呼んでいいと思います。ところが、三島が次第に選んでいったのは「ポリティカル・セックス」で、政治の世界に移っていく。雑駁な言い方をすれば、女から男への性転換――スピリチュアル・セックス・チェンジみたいなものです。

面白いと思ったのは、これも鈴木さんの受け売りですが、いまの日本の首相は鳩山由紀夫(当時)でしょう。その由紀夫のお父さんは鳩山威一郎です。三島由紀夫の本名は平岡公威《きみたけ》です。つまり、「威」と「由紀夫」の二つの名前の密接な関係からもわかるように、平岡家と鳩山家は無関係ではないと鈴木さんは言っていました。実際どうだったかはわかりませんが、もしそうならば、平岡家では一人の人間が一人前になるということにおいて、少なくとも文学ではなく、政治とか軍人、そういったポリティカルなものに対して価値をもっていたということが言えるわけです。

最初、三島由紀夫は大蔵省に入りますが、すぐ辞めてしまう。勝手に想像をたくましくして言いますが、三島由紀夫には官僚としての才能がさほどなかったのではないでしょうか。本来ならば、官僚として、ポリティカルなポジションに就くことが期待されていたのに、三島由紀夫/平岡公威はカルチュラルな人間であった。青白い文学青年であったということがコンプレックスとして三島のなかにあって、やがてスピリチュアル・セックス・チェンジ、つまり精神的性転換を果たそうとする道に至った。

そのきっかけは、平野さんも書かれているように、『鏡子の家』で賭けに出てみたけれどダメで、それが引き金になったのかもしれませんね。すごくブレイクした人だけれど、本人はポリティカルな革命と匹敵するくらいの文化の変革を狙っているわけだから、そういう意味では思ったほどブレイクしなかった。それで次第に、ポリティカル・セックスに走りたいという方向が明確になっていった。だけど、平野さんが、あのクーデターは拒否されることを前提としているとおっしゃったのはまさにそうで、三島は本気でポリティカル・セックスへのチェンジを果たそうとしていたかというと、そうでもなかったのかもしれない。本来はカルチュラル・セックスの人なんです。政治は苦手な人だと思いますよ。

カルチュラルな価値は美です。ポリティカルなものとは——これは意見が分かれるかもしれないけれども——、正義だと思います。三島は、美から正義へというジャンプを図ろうとして、うまくいかなかった。あるいは美と正義の間に折り合いをつけようとしたが不毛に終ったということかもしれない。結局は、すべてをチャラにせざるをえないのだが、すべてをチャラにすると、どうなるか。インターネットで「三島由紀夫　画像」を検索すると、死後の三島の映像がいっぱい出てきます。それは美でも正義でもなく、あまりにもあからさまな現実のおぞましさです。三島はそのおぞましい地獄に、美と正義の二つを道連れにして逝ってしまった。

平野　三島は最後に「天皇陛下万歳」と言うのですが、彼の天皇とは、『文化防衛論』という論文にもあるように、カルチャーのシンボルみたいなものです。自衛隊に突入するというポリティカル・セックスに準じるような行動をしつつ、最後死ぬときに言うのは、文化の象徴としての「天皇陛下万歳」であって、もう一回、カルチュラル・セックスのほうに捩り戻しがあった。形としてはそうなっている。そこに自分が期待していたような世界があると思ったのか、あるいは諦めていたのかという状況のなかで、最終的にチャラにする行動に行くというのは、よくわかる話でもあります。そして、個人的な「チャラにする行動」が、戦後社会そのものを「チャラにする行動」に直結するというイメージはあったと思います。

三島が大蔵官僚だった時代に、「平岡っていう今度新しく入ってきた奴は、文章が非常にうまいらしい」と噂されました。それで、部長か誰かの年始の挨拶を、平岡に書かせてみようということで書かせた。そうしたら、美しい立派な文章を書いたらしいですけれども、明らかに官僚が年始の挨拶でそんなのを読むのはおかしいとなって結局、赤をいっぱい入れられて、つまらない文章に直されてしまった。特に数字に強そうな感じもしないですし、彼は、根回しをして実現するとかいうのは一番嫌だと言っていますから、確かに官僚としては、自分の生きていく場所の無さみたいなものがあった。

やはり、彼のなかにあるカルチュラル・セックスはトゥー・マッチだったと思います。日常生活を営むには、明らかに言葉が多すぎる。普通の人が百個くらいの語彙でスムーズに生きているものを、彼の場合例えば三千くらいの語彙が殺到して、仕事どころではないわけです。窓を見てもいろいろな比喩が思いつくとか、誰かの顔を見ても、何かの登場人物に見えるとか、しゃべっていることが馬鹿みたいに聞こえるとか。

三島は、トーマス・マンをずっと尊敬していました。マンが『トニオ・クレーゲル』で書いたような、市民的な社会と芸術家との二分法の世界を、三島もずっと書いています。政治家と言わず銀行員でも何でも、社会でよく機能する人間として生きるということも、三島の憧れとしてあったと思うんです。彼は森鷗外もすごく尊敬していて、軍人として自分の生活を律しつつ、一方で創作をするという二足の草鞋《わらじ》を履いた人を理想化するところがあった。でも彼自身は、それができなかったと思います。

あと、もっと身近なところから考えるんですが、小説家たちがいろいろな話を文壇でしますね。そうすると自分が参加できる話題もあれば、全然参加できない話題もあります。それで考えると、戦後の文壇で話というと、やはり戦争体験の話ばかりだったと思います。大岡昇平はフィリピンへ行って帰ってきたとか、特攻隊で友だちが死んだとか、そういうなかで三島は、その会話に加わりにくかったと思うんです。「おまえ、何してたの？」「いや、自分は検査に行ったんだけれど、体調悪くて」とは、言いにくかったと思う。そういうなかで彼としては当面、芸術至上主義者というか、美しい小説をつくることでしか生きていけなかったと思います。

だけど六〇年安保になって、それらとはまた違う文脈で政治の話が出たときに、戦争体験を直接得ていないような若い子たちもいて、やっとポリティカル・セックスのほうにチェンジできるタイミングが来た、という感じがしたのではないかと思います。

三島における天皇問題

森村　平野さんがいま、「天皇」の話をなさいましたが、三島の死を巡るわからなさの一つは、天皇です。あれほどの明晰かつ賢明な精神の持ち主が、なぜここまで天皇にこだわるのか。「日本国」に愛国精神をもつということならまだわかるのですが、一九七〇年という戦後もずいぶん経過した時期に、「天皇陛下万歳」と言って死んでしまう。ここのところが、戦後教育で育ったせいかもしれませんが、私にはとてもわかりにくいんです。

平野さんの「金閣寺論」(『モノローグ』講談社、二〇〇七年所収)を拝読しながら、自分なりに気が付いたことがありました。三島のあの小説は、金閣寺が焼失して五年後くらいに書かれたんですか。

平野　そうですね。

森村　当然のことながら、三島は金閣寺の消失後に、小説『金閣寺』を構想したわけですよね。とすれば、三島は元の、燃えたオリジナル金閣寺を見ているのかどうか、という疑問があるんです。もしかしたら見ていなかったかもしれない。見ていたとしても、さほど注目してなかったかもしれない。

平野　たぶん、「金閣寺炎上」という文字に感動したと思うんです。何か黄金のものが燃えてなくなったという……。

森村　余談ですが、「金閣寺」って、正確には「鹿苑寺金閣」であって、「金閣寺」というのは通称なんですよね。でも三島にとっては、黄金に輝く寺なので、「金閣寺」なんでしょう。だとすれば、消失後に再建された金ピカの言わば「新・金閣寺」のほうが、三島好みなのかもしれませんね。

平野　ベルリンで話したとき、向こうのかなり優秀な研究者も、三島にとって天皇が何だったのかピンと来ないという感じは共通していて、そういうときに彼らが言うのは、三島はもちろんポリティカルな存在ではあるけれども、自分たちは文学研究者として見ているわけで、そこのところは分けて考えたいと言うんです。彼らは特にナチズムの問題があるから、文学と政治とを分けることに神経質ですけど、でも三島の場合は、やっぱり関係しているはずなんです。

ただ、日本人でもピンとこないんだから、向こうの人がピンと来ないのは当然で、僕自身も、『金閣寺』を天皇のメタファとして読み直すとか、いろいろやりながら考えてきました。でも、例えば

『讃岐典侍《さぬきのすけ》日記』には——讃岐典侍という、天皇のそばで仕えている女性の目を通してそれは書かれているのですが——、天皇が病気になって苦しんでる姿とか、一人の人間としての天皇の姿がずっと書いてあります。三島はあれだけ古典に通じていて、そういう等身大の天皇の姿を一方で知っていながら、もう一方ではエクストリームな観念としての「絶対者」というイメージをずっともっている。それが彼のなかでどういうふうに整合性があったのかというのは、やはりわからないところですね。本人もあまり、そこを緻密に話はしていないんですよね。

森村　そうですね。

平野　三島の『英霊の聲《こえ》』という小説に、天皇について二種類の恨みが書いてあります。一つ目の恨みは、世の中が間違っている、革命を起そうというときに、日本では、「文化的な天皇」がその「雅」を理解して、「よし、日本を正せ」と言うべきであったのに、二・二六事件が起ったとき、将校たちが「正義」に基づいて決起したのに、それが認められなかった。天皇とはそういう機能を果たすはずだったのに、機能不全だったというものです。これは、天皇が「天皇らしくなかった」という「声」です。

もう一方は特攻隊の霊たちで、みんな天皇は神だと思ったから死んでいったのに、戦争が終って、やっぱり人間でしたというのはひどいじゃないか、と。何が何でも「神だ」と言い続けるべきだった。これは、天皇が「人間らしくなかった」という「声」です。しかも、「人間宣言」をすることによって、そうなったという逆説ですが。

実は『英霊の聲』以降、三島は二番目のことは言わなくなってしまうんです。死んだ人間のために、天皇は神だと言い続けるべきだったという話はなくなって、だんだん、天皇は文化の象徴で、何か現状打破の行動が起ったときに、それを認める存在だというほうに理論が整理されていってしまった。でも本当は、大戦中に同級生たちが死んでいったのは、やはり「天皇陛下万歳」と言って死んでいったのではないかという思いは、三島にはあったのだろうと思います。彼の最後の「天皇陛下万歳」には、そういう複雑なトーンがあります。

痛みと再生

平野　それから、ベルリンのシンポジウムでは、向こうの人はポカンとしていた話なんですが、釈迦とキリストを比べたときに、釈迦は八十歳くらいまで生きていて、仏教徒にとっては、生きていくうえで「釈迦のようになりたい」という対象として存在している。だけど、キリストは三十歳くらいで、あんな死に方をしてしまうでしょう。青年が華々しく死ぬ、というのは本当に美しいけれども、彼のやったことと彼の死に方って、やはり若い感じがするんです。

僕は『日蝕』(新潮文庫『日蝕・一月物語』)という小説を書くときに、中世のヨーロッパのことをいろいろ調べたんですが、聖フランチェスコという人は一番愚直にキリストを真似た人だったのですが、年をとって五十、六十になって、キリストの真似をし続けて、乞食みたいに歩き回っていくのは、二十代の若者だったら平気だったかもしれないけれども、彼には相当辛かったと思うんです。彼はまさしくキリストに「なる」というのを実践しました。

人が頑張って何かしていくというときに、憧れの力はすごく大きいと思います。プロ野球選手になった人には、「長嶋になりたい」といった憧れがあるように、あの人になりたいという感情は、誰に強制されたわけでもなく、血の小便が出るまで練習するとか、何か不思議な力があると思うんです。

だけど三島の場合は、戦後、自分があの人みたいになろう、というような人がいなくなってしまったのではないか。彼が名前を挙げるのは、フランスの作家のラディゲとか、早死にした人ばかりで、それは一方で、『英霊の聲』とか、特攻隊で死んでいった人とかに関わっているかもしれない。そうすると、あの人みたいになりたいという憧れの対象に年上の人がいなくなって、早死にした人ばかりになってくると、結局、ああいう最期にたどり着かざるをえないのかという感じがするんです。

森村　なるほど。三島は「聖セバスチャンの殉教」も真似たりするし、仏教的な感性というよりは、ある意味きわめて西洋的な感性、キリスト教的な感性をもっている人ですね。これもわからなさの一つです。戦前、戦後の日本を三島が抱え込んでいる一方で、西洋の美意識や宗教観にも惹かれている。それらを無理矢理にでも日本の文化に接続しようとしているかのようである。

話が飛びますが、僕は一九八五年に《肖像(ゴッホ)》を制作したんですが、あのときも実は三島の影があったのではないかと、今日ここに来る途中、ふと思ったんです。平野さんは、キリストが三十数歳で亡くなったとおっしゃったけれど、ゴッホは三七歳で自殺しました。一九八五年当時、僕は三四歳でした。そして、数あるゴッホの絵から、耳を切るという自傷行為を描いたゴッホの自画像をテーマにしたんです。あれは、大げさな言い方になるかもしれないけれど、ある種の死を選んだということなんだろうなと思います。あるいは死と再生でしょうか。自分のなかの以前の自分を殺し、新しい自分を再生させるための手続きとして、ゴッホというテーマを選んだのではないかと。

そういう意味で言うと、今回〈なにものかへのレクイエム〉で三島の演説をテーマにしたのは、一九八五年から二〇一〇年まで二五年間いろいろなことをやってきて、もう一度ゴッホをやったときの自分に回帰するという感じ。八五年のゴッホのときには、ゴッホという形でやっているけれども、その裏にある意味として、いまから思うと「ゴッホは自分の三島だった」ということなんです。

そこに戻ろうとして今回の作品展があった。そうすると自分でわかってきたことがある。三島の演説シーンの「あの続きはやらないんですか」と、半分冗談で人に聞かれたことがあります。三島はあのあと、割腹自殺をして果てた。それをかなり茶化して言われて、僕はすごく悲しい思いをしました。僕にとって、演説のあとは、死ではなく回帰と再生だったんです。その回帰と再生の世界が、展覧会全体につながっている。

平野　いまのお話を伺って、「なにものかへのレクイエム」というタイトルは、すとんと腑に落ちる気がしました。三島は死ぬ一週間くらい前に、ある文芸評論家からインタビューを受けています。そこで三島は、戦争時代の若者たちに、かなり自分の感情を投影してしゃべっている。すなわち、ドイツ的な教養主義を帝国大学で教えられてきた一方で、日本というものを言われて、その両者の矛盾があの時代の青年にとって一番苦しかったということなんです。

森村　それは戦前？

平野　戦中です。それで、そこでどうしようかと迷っていた人間はインテリで、そこを突っ切って、日本という側に突進していった連中はバカだという言い方は、俺は嫌いなんだということを言っていて、それは、彼の最後の行動とつながるところがあると思います。

それからゴッホですが、これは僕の理解ですが、近代以前の宗教画は、キリストの磔刑図《たっけいず》で血がピューピュー吹き出したり、聖人の殉教図でも頭にノコギリが刺さったりとか、血なまぐさいのが多いですけれども、近代になって、だんだんそういったイメージが後退していった一方で、ドラクロワみたいなロマン派の芸術が出てきて、虐殺シーンがクローズアップされてくるのは、ちょうど、あっちが引っ込むとこっちが出てきた、みたいな感じではないかと思います。それも複数化されて。

痛みと共に何かを引き受けるとか、自分の負の部分を意識したり、再生のステップにするみたいなことを、アートはある時期から引き受けるようになって、それが印象派の時代になって少し緩んだときに、ゴッホが、一番強烈にそういう存在として居続けたのではないか。だから世界中で、キリスト教信者ではないような人が、ゴッホの痛ましいけれども、すごく力強いイメージに惹き付けられる。それが、三島を見るときに、痛みと共に再生のきっかけをつかもうとすることに関係しているのではないかと思います。

実際に三島も、『豊饒の海』は生まれ変りの話ですし、三島の演説シーンの鉢巻きには「七生報国」と書いてあったと思いますが、あれは「七転び八起き」と意味は同じではないかと思ったんです。でも、「七転び八起き」は、挫折はあるけれども、そこから象徴的な再生を繰り返していくということだと思いますが、「七生報国」は、七回死んで七回生まれ変るという意味だから、やはり本当の死のイメージです。

彼は何度も、映画のなかで自分を殺したり、切腹したりしていて、それは小説でも書いたし、自分で演技もしたし、虚構の世界では、それこそ彼なりの痛みを受け止めていたはずです。それだけじゃ足りなかったのか。多くの人はアートを通じて、そういう経験をしながら、何とか生きていけているわけですが、最後に本当にその一線を越えて、腹を切らなければいけなかったのかというのは、やはり最後のところでみんなの関心をぐっと惹き付けていく、深い闇というか穴があります。

森村　痛みが何かを再生させることにつながる、生と死の二つが高まっている頂点みたいなところに痛みがあるんですね。三島は、この生と死の痛みの頂点から、生ではなく死のほうを選んでしまった。

愛しがたい存在としての金閣寺

森村　平野さんが三島のわからなさについていろいろ分析してくれたけれども、三島のわからなさはまだありますね。例えば『金閣寺』という小説には、どうも、金閣寺というものにぞっこん惚れるという感じが書かれていない。全体におよぶ不毛の世界がある。つまり、「ぞっこんグッとくる」ということが成立しないところにばかり三島はこだわっているなかで、物語がどんどん展開する。

金閣寺は素晴らしいものだ。この素晴らしいものをどうするのか。素晴らしいがゆえに憎むのか、素晴らしいがゆえに一緒に燃え尽きるのか、という話だとよくわかるんです。ところが主人公は、何か無理にでも金閣寺を好きになろうとして、そして好きになったことにする、みたいな悲しいくらい不毛な努力をしているように感じるのです。もしかしたらこれは、三島が天皇を奉るときの感覚と重なるのではないかとさえ思いました。つまり、小説の主人公と金閣寺の関係は、三島における天皇との関係と重なり合うのではないか。

平野　小説は、父親が「この世に金閣ほど美しいものはない」と言ったというところから始まるんです。そう思い込んでいて、実際に鹿苑寺に行ってみたら、美というのはこんなに美しくないものだろうかとがっかりする。だから、現実の金閣と観念の世界がずっとあの小説では乖離していて、それは確かに三島の天皇観にも現れている。『英霊の聲』で、天皇への「恋の烈しさ」を書いているのですけれども、例えば大江健三郎さんの『セヴンティーン』に出てくる天皇に対するもののほうが、生々しい、「ぞっこんグッとくる」感じがあります。

森村　一生懸命好きになろう、愛したいと懸命に努力する三島がいる。

余談になるかもしれませんが、こんなこと言っていいのかどうかとも思うのですが、いまの金ピカの金閣寺ってホントに素晴らしい寺なんでしょうか？　例えば、法隆寺があります。坂口安吾の『日本文化私観』には、法隆寺なんかなくなってもいい、新宿のネオンのほうがずっときれいだ、それが日本の美だ、といったことが書かれています。一九四二年の著作ですから、すごく意味があるんですけど、それは置いておいて、でも少なくとも、坂口安吾は法隆寺を楯にとって、法隆寺と戦っていることは確かなんです。法隆寺って、「あんなものは」と言うくらいのものではあるんです。

法隆寺は、梅原猛さんの『隠された十字架　法隆寺論』によれば、かつて聖徳太子と共に炎上した寺でした。壁画が燃えていたりもしていて、燃えることに縁の深いものである。かなりヤバイ話ですが、先ほどの、平野さんが『決壊』の殺戮シーンを書くのと同じように、僕は、「法隆寺を放火する放火魔としての私」を想像したときに、かなりドキドキするんです。それくらい法隆寺というものは屹立《きつりつ》するものである。

でも、金閣寺について言うと、あれを燃やそうと不埒な想像をしてみても、あまりドキドキしてこないんです。三島の書いた金閣寺って、どの金閣寺だったんでしょうね。なんだか、前の金閣寺と後の金閣寺がごっちゃになったような気分がします。実際、この小説を読んだ私自身、金閣寺って金ピカに決まってるじゃないかと思いつつ、でもとうぜんのことながら小説に書かれているのは、放火前の金閣寺なんですから、なんだかそこのところをわざと混乱させるように仕組まれた小説であるかのようにも思えます。

平野さんの「金閣寺論」を読んで僕なりに思ったことは、いまの金閣寺の金ピカは、戦後日本の象徴ではないかということ。前のものは戦前の、いわば天皇制でしょう。金閣寺が燃えたということ、これは、これも平野さん的に言うと、空襲で、敗戦によって燃えてしまった何かなんです。そして新しい戦後ができた。それは天皇の意味が変っていくのとパラレルだと、金閣寺＝天皇論で平野さんはおっしゃっているけれど、まさに僕もそう思うんです。

新しい金閣寺はどうも、愛すべきものではなくて、なかなか愛しがたい存在で、それを戦後の天皇というものに重ね合わせながら、それでも一生懸命愛そうとする物語ということになると、これはもう三島の世界以外の何ものでもないなという気がします。

平野　すごく腑に落ちますね。僕はたまたま十年くらい京都に住んでいて、京都の人に『金閣寺』の話をすると、やはり京都人は空襲で京都が燃えるということが、本当にリアリティがなかったみたいなんです。米軍が舞鶴のほうに落としそびれた爆弾を、帰りに京都のはずれに落として帰ったのがあったくらいで、京都の真ん中に爆弾は落ちなかったし、『金閣寺』の主人公みたいに、いつ京都が空襲にさらされるかと考えるのは、東京の人の感覚だと言っていました。

そういう意味では、『金閣寺』はすごく緻密に書かれているのですけれども、バーチャルな感じがする。東京から見て遠い場所としての京都というなかで、彼の観念的な世界がうまく枠組みを得て、話がつくられた感じは確かにします。金閣寺を愛しきれないがゆえに、だからこそ三島の人工的に見えるような天皇観と重なるというのは、僕が考えているよりももう一段深い話でした。

森村　これは平野さんの「金閣寺論」を受け継いで、そう考えたことです。今日はどうもありがとうございました。平野さん、最後に言い残したことは何かありますか。

平野　最後にふさわしい話かどうかわかりませんが、横尾忠則さんや美輪明宏さんなど、三島のことをよく知っている人と話すことがあって、僕はある特徴に気が付いたんです。彼らは三島の話をするときに、必ず三島の真似をしながらしゃべるんです。例えば横尾さんが、「三島さんに会ったら、「横尾君、〜だよ。がははは」と言われてね」みたいに。三島に限らず、例えば長嶋茂雄の物真似をするのと同じように、何か真似したくなる、その人のコスプレをしてみたくなるような感じがある人というのは、あるんじゃないかと思います。

森村さんの今回の展覧会は、一般的に必ずしもみんなが真似してみようと思わないような人たちを、真似の範囲をずいぶんと広げてやられて、でもそのために見えてきたことがすごくたくさんある。例えば、タイムズ・スクエアの前でキスしている光景とかを見ると、元の写真を見てもそう思わないのに、森村さんがやっているのを見ると、もしかしたら、俺もある時代にアメリカという国に生まれたら、この男だったのかもしれない、ということがふっと頭をよぎるわけです。「自分とは何だろう」

みたいなところに戻ってくるのですが、そういう意味でものすごく発見の多い展覧会でした。

森村　自分がその彼だったかもしれない、といったリアリティをもってもらうことを私なりの言い方で言うと、突拍子もない比喩を使いますが、高野豆腐をふやかそうとしているような試みなんです。つまり、僕らはたくさんの歴史的事実を写真その他で知っているのですが、それはおそらく、そのときは非常に活き活きしたものであったのだけれども、時間が経つにつれてどんどん乾燥していってしまった。

〈なにものかへのレクイエム〉展のテーマは、二〇世紀です。二〇世紀がテーマならば、二〇世紀の代表的な写真そのものを並べれば、二〇世紀を語る展覧会はできてしまう。それをなぜ、何年もかけて準備して〈レクイエム〉展に仕立てていったかと言うと、二〇世紀という時代を、それがまるでいま起っているかのように、活き活きと蘇らせたかったということなんでしょう。

高野豆腐は、そのままでは食べられません。これを美味しく食べられるものにする。そのときに、水でふやかすより、出汁《だし》でふやかしたほうがきっと美味しい。その出汁は、「森村」っていう出汁なんです。平野さんがやると、「平野出汁」になるわけです。今回の展覧会は、森村出汁を味わって食していただきたい。食すということは、それが活き活きしたものとしてそこにあるということですから、ここにいたかもしれないという気分になるという平野さんの感想としっかりつながるのではないかと思います。

第四章

「男」と「女」の絶対零度に立つ——社会学者との対話

×上野千鶴子

（二〇一〇年九月四日、豊田市美術館）

《なにものかへのレクイエム（遠い夢 チェ）》2007年

上野千鶴子（うえの・ちづこ）

社会学者。一九四八年富山県生まれ。東京大学名誉教授、ＮＰＯ法人ＷＡＮ（ウィメンズ・アクション・ネットワーク）理事長。専門は女性学、ジェンダー研究。著書に『近代家族の成立と終焉』『おひとりさまの老後』『ケアの社会学』ほか。

対談に際しての装い

上野　ご指名をいただきましてありがとうございます。いままでお会いしなかったのが不思議ですが、本当に初対面なんですよね。

森村　はい、そうですね。

上野　森村さんにお会いするのに、どんなコスプレで行こうかなと考えて、今日は女装で参りました。女装の最強の記号はスカートですから、こればかりは森村さんも、絵のなかでおできになっても、この会場にスカートでいらっしゃることはあるまいと思いましたので。それからもう一つは、ノースリーブ。男性がノースリーブだとほとんど〝ガテン系〟。このように今日は一応、女装コスプレを意識して参りました。

私、森村さんにはかねてより、これだけは聞きたいことがあって、最初にそれからお聞き……。

森村　ちょっといいですか？　いきなり大上段な感じがしているのですが（笑）。

上野　大した質問ではないんです。皆さんは今日、展覧会をご覧になって、絵のなかの森村さんをご覧になった。いわばフェイクの姿をご覧になったあとで、いま、本物を初めてご覧になっているわけですね。私も本物をこうして拝見して、ずいぶん華奢《きゃしゃ》な体の方だなとか、顔立ちがきれいなイケメンで、日本人離れしていらっしゃるなと思いました。

聞きたいことは、その容貌とその体型でなかったなら、こうしたプロジェクトを思い付かれたでしょうか、ということです。例えばもし森村さんが、あの小沢一郎さんのような容貌・体型であったら、一体どうなったでしょうか(笑)。

森村　いきなりですね。まず今日の服装ですが、私はジャージで参りました。

上野　ちゃんと男装ですね。

森村　実はいろいろ考えたんですよ。メイクもいいなとか。最近はずいぶん慣れてきまして、メイクをしていてもベラベラしゃべれるようになりましたが、昔はメイクをすると――メイクって女性メイクですよ――、話をするのが一切、嫌だったんです。メイクをすると、何か佇《たたず》んでいる状態になってしまう。というのは、私の作品づくりはだいたい二時間以上かかるから、むちゃくちゃメイクが濃いんですよ。

上野　いわば、舞妓さんメイクですね。

森村　舞妓さんなら、「舞妓さん」ということになりますけど。〈女優シリーズ〉をやっているとき、「もうちょっとあっさりメイクのほうがいいと思いますよ」とよく言われました(笑)。そうなんですけど、あっさりメイクだと男なんですね。相当にビシッと濃いメイクで決めておけば、女というふうに見えるかどうかは分からないけど、「あ、女やってはんねんな」という印象は伝わる。薄いと、男が出ちゃうんです。ですから、非常に濃いメイクをしたり、極端なことをしますので、非日常的なものなんです。ですから、きょうは男で参りました(笑)。

半ズボンを履く快感

森村 それで顔立ちとか、体型といった話ですけど、素顔の場合はいつもメガネを掛けているんです。メガネを掛けるようになったのは〈女優シリーズ〉をやってた頃ですが、理由は二つありました。一つは、その頃とっても疲れていて、やつれた感じが顔に出てしまう。もう一つは、マレーネ・ディートリッヒをするときには、ぜんぜん違うところに眉毛がありますから、眉毛を全剃りにしないといけない。それは、メイクを取るととても怖い人になる(笑)。それをカモフラージュするために、メガネを掛けるようになりました。

上野さんは「容貌がよろしい」というふうにおっしゃってくださいましたけれど、ネットでは、「あいつの顔はバカだ」と書いてありました。顔の点数が付いてるんです。私の顔は相当悪くて、それは容貌の問題ではなくて、バカ顔というか、しっかりした顔じゃないんだそうです。「この顔を見ろ」と私の顔がネットに載ってるんですよ。確かにその顔はバカ顔でした(笑)。「この顔、引っぱってくるか?」みたいなことなんですが。

そんなわけで、まず一つ言えるのは、私の顔は特徴的な顔ではなさそうだということです。小沢さんのようにひと目見たら忘れられないような個性的な顔ではなくて、とりあえず目鼻が付いて、口があるみたいな顔ですので、メイクをする点においては非常に有利なんです。

上野 メイク映えするためには土台が良くないとダメなんですよ。化けられるのは、化けられるだけの土台があるということです。

森村 いきなり本題みたいな話になるかもしれないですが、確かにこういう顔立ちです。子どもの頃ですが、背の高さは前から二番目ぐらい。それはいまもあまり変らないんですけど、その自分がずっと思っていたことは、「男になりたい」ということでした。男の子はやっぱり、「男の子であれ」というような強迫観念が植え付けられるんです。

もう一つ、私にはプレッシャーがありました。華奢な体つきで「カワイイ」と、これも大人たちから言われるんです。例えば小学校の頃だと、男の子は半ズボンを履くんです。ハイソックスなんかも履いたりしてね、ちょっとカワイイお坊っちゃま――。

上野 いやぁ、目に浮かぶわ。

森村 そう言っていただければ、更に言うならば、雨のときは長靴。カワイイよね(笑)。

上野 ますます目に浮かびますねえ。

森村 自分ではぜんぜん分かってないんですよ。でも、大人の反応を見ていると、どうもカワイイらしい。でも、私が子どもの頃は、「カワイイ」は多くの場合、女の子に当てはまる価値基準でした。「女の子はカワイク。男の子は男らしく」、です。それできっぱり分かれているならば良かったのかもしれないけれど、私は一方で「カワイイ」という価値基準にも当てはめられているようで、でもそうした自分は、とっても嫌だったんですよ。「男になるんだ」と思っていましたから。

私が低学年のときに上の学年で、「イワミヤくん」という、近所のリーダー格がいました。その子は長ズボン履いてましたね。この「イワミヤくん」はカッコ良かったんですよ。それで、自分も早く長ズボンが履きたいと思ってました――ついにきょう、長ズボンを履いてますけど――。ところが微妙な話があって、カワイイのがとっても嫌なんですけど、半ズボンというものの、ある種の快感があるんです。

一つ例を挙げますと、昔私が見ていたアニメに『鉄腕アトム』があります。そのアトムは、私にはとても恥ずかしい存在でした。パンツ一丁で長靴履いて、素っ裸でいる子どもですよ。そのアトムと、半ズボンでハイソックスや長靴を履いている自分が重なりあうんです。それでとっても恥ずかしいんですけど、同時になぜか、鉄腕アトムにドキドキする。

あと『スーパーマン』も、全身ブルーのピチピチのスーツみたいなのを着て、赤いパンツ、赤いブーツという出で立ちで現れる。これも相当恥ずかしいと私は思っているんですけど、なんかドキドキする、その辺の微妙な感じがあるんです。「アトムは僕だ」っていう――答えになってますかね。

上野　「カワイイと言われるのを気に病んでた、男になりたいと思っていた少年だった」という、このお答えを森村さんから引き出しただけで、今日は私、帰っていいんじゃないかと思っちゃうくらい。半ズボンって少年の記号ですよね。少年というのは男でもなく、女でもなく、しかも、男からも女からも欲望の対象になる存在です。森村さんは、自分がそういう存在だと自覚しておられたのでしょうか。

森村　自覚……(笑)。上野さんに引き出されたのであって、自覚していたのではないようですよ。いやよく分かりませんね、子供のときの自分の気持ちというものは。

女優とは何か

上野　「性別越境」には、女に越境するのと男に越境するのとでは、つまり女装するのと男装するのとでは、森村さんにとって、どちらが敷居が高かったでしょうか。この質問をしたいと思って来ました。性別越境して女になった、その「女」というのも女優ですね。女優は女を演じる女、フェイクな女ですね。

森村　はい。

上野　女性学にジュディス・バトラーというすごい理論家のオネエサンがいて、何を言ったかというと、「女とは何者か。すなわち一生を女装で通した者である」。それだけ（笑）。逆もそうですよね。「一生男装で通した者を男と呼ぶ」。なんだそれだけのことかという、ミもフタもないことを言っちゃった人なんです。

森村　かなり、ミもフタもないと思いますよ（笑）。

上野　すごく正しくないですか。もともと日本には女形《おやま》の伝統がありますね。明治期、新しい芝居が入ってきたときに、歌舞伎の女形と女優とが、同じ板の上に乗る時代があった。それで当時、「男の演じる女と女の演じる女と、どちらがより女らしいか」という大論争があったんだそうです。最終的には女優が勝ったんですが、初期の頃は「いや、女形に決まっている」。なぜかというと「女がただそこで生でぬっと立っているだけでは、女にはならない」「女形は男にとって夢の女、理想の女を演じているのだから、生女よりも理想の女のほうがより女らしいのはあたりまえだ」という議論がありました。

それから考えると、フェイクな女を男性が演じるのは、それほど敷居が高いことではなかったかも。もしかしたら森村さんにとっては、男装のほうが敷居が高かったんじゃないかな。

森村　なるほど、そうですね。〈女優シリーズ〉をなぜ自分は、〈「女装」シリーズ〉と呼ばなかったのか。その答えをいま、上野さんがおっしゃってくださったかのように思うのですが、私のなかでまだ整理はできていません。

さっきのジュディス・バトラーのお話をミもフタもないと言ったのは、ジュディスの意見は正しいと思うんです。でも、もっと襞《ひだ》があると思う。もっとさまざまなニュアンスのなかで物事は成り立つのではないか。ただそれは、「いまから思うと」ということかもしれません。多分、研究者と違って、物をつくる人、表現する人間は、よくわけも分からず、「これだ」って思ったことをとりあえずやってしまう。そのあとで、「あれは一体、何だったんだろう」と考えるなかで、自分の作品を自分で分析する。そういう傾向に――僕だけかな、ちょっと分かりませんけど――あるんです。

〈女優シリーズ〉は一九九五、六年頃に集中的にやっていたシリーズで、そのときの自分の気持ちをいま振り返ってみると、女優に扮しているときの自分は「すごく男だったなあ」と感じるんですよ。例えばマリリン・モンローになるときは、「まず心をモンローにさせて、心がモンローになってきて、その高まりのなかでメイクをして、マリリン・モンローにおなりになるんですよね」とよく言われますけど、そうではありません。まず、外見を変える。

お坊さんが頭を剃って袈裟《けさ》を着る、そのことによってその人がお坊さんになっていくように、まず外側を変えると、その外見《そとみ》にあわせるかのようにして、中身が変っていくわけです。だから、お坊さんが自分の心を変えていって、しかるのちにお坊さんになるのではなくて、まず儀式として頭を剃ったりするわけです。そのことによって周りの人たちが「あれはお坊さんだ」という認識に立ちますから、その認識にあわせて自分の心も変っていきます。

ですから、まず外見的にマリリン・モンローになるんです。でも自分のモンローの格好は自分では見えない。メイクをして、鏡を見ているけれど、全体のそれがもたらすオーラが自分には分からない。しかしスタッフが、「いまの森村さんの姿にふさわしくない態度ですよ」とか言う。他にも、ヒールの高い靴を履くと歩き方が変る。そういった、いろいろなことを経て、外見を変えると中身まで人は変っていくんだな、という実感はもちました。

しかし、さらに言うならば、自分にとって女優観、女優っぽさというのは、実は女に化けることではないんです。そうではなくてむしろ、たった一人でそこにすっくと立って何かに立ち向うということ。その「何か」は、人の目線であったり、いろいろありますが、とりあえず主役を張るということです。その主役を張ることにおいて、その人はそこで一人で佇まなければならない。逆に言うと、その一人の人間がそこに存在しなくなったら、その場は成り立たないような存在として、そこにあり続けなければならない。それが「女優」の重要な要素だと思うんですね。

上野さんは「それを男と言うんですか！」と言われるかもしれないけど、私の二〇世紀的な生い立ちの、子ども時代のボキャブラリーで考えると、「これってけっこう男っぽいな」と思うんです。それをひっくり返して考えると、「女優さんて、なんて男っぽいんだろう」ということになる。ですから「女装しているからずっと女」ということが、果たして当てはまるのだろうかと思ってしまう。それは女優という特殊な役だからなのかもしれないけれど、もしそうだとしたら、私は、やはり女装ではなくて女優をやりたがっていたのかなと思います。

上野　なるほどな、と思って聞いてました。「研究者とアーティストは違う」と差別化されましたが、研究者だって、いきなり単純な一般化に到達するわけではなくて、最初は直観から出発します。私がやっている女性学だって、出発点は「おやじぃ、ムカつくぅ」、それだけですから。直観で「なんかイヤだな、キモチ悪いな、何でだろうな」と思っていろいろやってみたら、「あー、そうだったのか」と、あとで謎解きをするというのが学問なので、そこは誤解しないでいただきたいなと思います。

女優は見られるのが職業だし、家庭も顧みずにやってきた、職業婦人の輝かしいキャリアの一つなので、そういう点で「女を演じることを職業にしている男っぽい女性」というのは、大いにありえますね。そうでないと、キャリアとしてあれだけの仕事はとても続けられないでしょう。さきほどバトラーの話をしたのは、つまり「「男だ、女だ」って世の中であれこれ言っているのは、せいぜい一生かけたコスプレでしょ」という発見だったってこと。

恥ずかしいことをする

上野　ちょっと話が脱線しますが、明治時代に、二葉亭四迷が言文一致体の文章を書き始めたとき、最後まで江戸の雅文を書いて、平塚らいてうに「古い日本の最後の女」と言わせたのが樋口一葉でした。一葉が草稿を書いて、先生だった半井桃水にもっていったら、「これは女手ではない。女が書いたからといって女の文章にはならない。女のように書きなさい」という指導を受けて、それがサクセスの元になったというエピソードがあります。

そういう意味では、女だ、男だ、って「形から入る」と言えばその通りでしょう。でも、それだったら森村さんも化けられるし、私だって今日はちゃんと女装してきました。男にも女にも化けようと思えば化けられるし、時々取り替えもできる。この感覚は、いま、わりと若い人たちの間に広がってきていて、コスプレや整形、メイクも着けたり外したりできますね。女性のポルノ作家の斎藤綾子は、「自分のボディもボディスーツみたいに脱ぎ着したい」と言いました。そうしたら、森村さん、ちゃんと巨乳のボディスーツを着て、ヌードまで撮ってましたね。

森村 はい、二〇万円かけてね(笑)。

上野 こうした感覚をもった人たちがいま、ぞくぞくと出てきていて、「性別越境」と言われているものは、意外と敷居が低いかもしれないなという感じがしました。

女優を「実は男性的な女性だ」とお

光るセルフポートレイト(女優)/赤いマリリン、1996年

っしゃいましたが、それでもゴッホになったときと女優になったときとではだいぶ違うんでしょうね。ゴッホになったときは、気持ちがゴッホになったとおっしゃいましたね。

森村　やはり、子どもの頃の体験、体感のあたりをぐるぐる回っているんじゃないかと思うんです。鉄腕アトムの話に戻りますけど、パンツ一丁で長靴履いて歩いている。「いやぁ、恥ずかしいわ」と思ってそれを見ている自分がいるんだけど、一方でそのことにドキドキする自分もいる。そのドキドキ感は、アトム自身のドキドキ感なんですよ。Aか、Bか、ではない状態がそこにはあるわけです。

ゴッホについては、一九八五年に自分がゴッホに扮することをやったとき、皆さんからいろいろな反応がありました。そのなかの一つ、「私はこんな恥ずかしいことはようしません」というご意見がありました。そのときは「なんや、こいつ、何も分かってへんわ」と思っていたんですが、いまになって考えてみると、「確かに恥ずかしいことしているよな」と。自分はむしろ、たぶん恥ずかしいことがしたかった。では、そのときの「恥ずかしいこと」とは何だったのか。

一九八〇年代はさまざまな文化現象があって一概に言えないけれど、一つはおしゃれな時代だった。いろいろなファッションブランドができたり、カフェバー文化があったり、すごく好景気で、たくさんのものが生み出された。『BRUTUS』という雑誌が広く読まれて、それがみんなのカッコよさのバイブルになった時代でした。そういうものに、若い人たちがみんな憧れていた時代に、ゴッホなんぞをするのはとっても恥ずかしいことだったわけです。少なくとも私にとっては、「やっちゃった！」というところがあります。

この、とっても恥ずかしいことをする感覚は、自分が鉄腕アトムになる感覚に近いんですよ。とっても恥ずかしいので、とっても嫌なんです。嫌なんだけどゾクゾクするという感覚のなかで作品制作を出発させた。その展開のなかに、たぶん〈女優シリーズ〉があるんだろうと思います。

上野　ご本人は自己韜晦《とうかい》で「恥ずかしい」とおっしゃるが、ゴッホの場合は、泰西名画に対する侵入ですから、西洋絵画の心臓部に入り込むようなハッカー作戦をやっておられたわけでしょ。

森村　はい。いま上野さんに言われて初めて思い出したんですが、非常な怒りがありました。だからと言って、怒りのみで何かをやったとなると、それはちょっと違う。そのなかに、恥ずかしい感覚とかドキドキ感、見られることの感覚、見られるということをひっくり返すような感覚とか、いろんなものが説明ではなく、そこに自然と盛り込まれた形で作品になっている。これが、〈女優シリーズ〉に至る流れに、ずっとあることのような気がします。

半ズボンからスカートへ

上野　ゴッホの時代までは、森村さんは絵のなかに入れるけれど、二〇世紀になると絵のなかに入らなくて、写真のモデルになるしかない。そう考えただけで、「二〇世紀のアートって、なんてつまらなかったの」と言いたくなっちゃうんだけど、それは置いといて。男装のほうにいきましょう。いま、「恥ずかしい」というキーワードが出てきたので伺いますが、「ゴッホになる」「マリリン・モンローになる」「ヒトラーになる」。この三つの、どれが一番恥ずかしいですか?

森村　恥ずかしい程度はマリリン・モンローですね。

上野　あ、そう!　なぜですか?

森村　それは、また鉄腕アトムに戻るんですけど、スカート問題です。自分にとってスカートって何だろう。ずっと分からなかったんですけど、アトムの話をして、これが自分のスカートかなと思いました。鉄腕アトムのパンツ、ないしは自分の半ズボンの股の所をチョキンって切っちゃうんですよ。そうするとスカートになる。

上野　ミニスカートになりますね。

森村　ですから、自分にとってのスカートの原点はパンツなんです。そう考えると面白いなと思ったのは、女性のパンツルック、あれはスカートがパンツ化しているんですね。自分のはそれと逆で、パンツがピッて切れちゃって、「あらまっ」みたいな。パンツをより刺激的にすればスカートになるという感覚なんじゃないかな。だから、とっても恥ずかしいんですよ。

上野　スカートというのは下がスカスカで、無防備なんです。私は『スカートの下の劇場』(河出文庫)という、パンティの歴史の本を書いたパンティの専門家ですから。昔、日本の女はパンティなんか履いてませんでした。長襦袢《ながじゅばん》だけです。ようするに剝《む》けばいつでもスタンバっているというのが、スカートなんです。古代には、女はズボンを履いてた。「裳《も》」ですね。防人《さきもり》の夫が「今度オレが帰るまで、この裳の紐を解くなよ」と詠うのは、ズボンだから。裳を脱いでしまうと「いつでもOK」なんですよ。だから、スカートは「いつでもOK」というサイン。それが、どんどん短くなってミニになって、超ミニがホットパンツになって、短パンの少年になる。

森村　そうですね。確かに憧れの長ズボンですね。恥ずかしさの度合いで言うと、ヒトラーは長ズボンだからいいんでしょうか。

絶対ゼロ度の経験

上野　森村さんの展覧会を見せていただいて、なるほど、「一生女装する者を女と呼ぶ」というところまではジェンダー理論のなかにあるけれど、そうか、男も一生男装する者を男と呼ぶのだ、と思いました。二〇世紀が男と女の時代だったというのは、男装と女装が際立っていた時代だから。しかも男装のアイテムに何があるかと言うと、制服、軍服、国民服。背広も制服みたいなものだから、男装の時代って制服の時代だったんだ。分かりやすいなと思ったんですが、どうでしょうか。作品のなかで出てくる男装の人たちは、ほとんど制服ですよね。

森村　そうですね。

上野　女装をしても、ゴッホになっても、自分はそれとはどういう距離があるのかということをいつも感じておられると思うけど、男装しておられるときの居心地の悪さというのはありましたか？

森村　時代のためか、あるいは、自分がやってきた流れのなかでのことなのかもしれませんが、「やっと男装ができる」という感覚がありました。〈女優シリーズ〉をやっていたときに、「男はならないのですか」とよく言われました。そのときはノーコメントだったんですけれども、よく分からなかったんです。つまり男を演じる、男装をするということが、自分のなかで将来訪れるのかどうか分からなかった。だけど、いまから考えると、それは約束されていたことなのかもしれないとさえ思うんです。

「いま、できる気がする」というのがあるんです。それにはいくつかの理由があって、一つは、散々女装をやったから。散々女装をやって、精神的な意味において、ある種の性転換をするわけです。そのあとで、もう一度反転させることが、とっても面白く思えたんです。「いよいよお歳も召してこられて、そろそろ〈女優シリーズ〉も限界ですか」みたいに言われて、そうではないことを証明するために、昨年、再びマリリン・モンローをやったりしました(笑)。

それはさておき、表現の世界というのは、一概に言うと幻想とか虚像という話になるのかもしれないけれど、一種のインナートリップ、内なる彷徨《さまよ》いなんです。そのなかで、ある種の精神形成が多少なりともあると思う。やっぱり、男装することに比べれば、女装することは当初はるかにハードルが高かった。どうしても男っぽさが出てしまうんですね。それを消すためには、例えば、自分の男度が一〇あったとすると、女になるためには女度を、一〇でイーブンですから、一二とか一三に上げないといけない。そうしてやっていました。

いまはそういうことではなくて、現在の心境は、自分の立ち位置がゼロになっている感じ。ゼロの基点からだと、女装度・女度一〇と、男装度・男度一〇は同じ距離です。そういう地点に立つことが、自分の心境としてなれたので、「これなら男装ができる」。そうでないと、男度が一〇あって男装したら二〇くらいになってしまう。それは自分の本意とするところではないんです。

その「ゼロ度になった」ということは、何なのか？　答えは本当に簡単で、「どっちでもいいやン」という話なんですよ。そこにいくと、女装も男装も変らなくなる。この心境は――そう言ってしまうと、これもミもフタもないかもしれないけれど――、「人間は死ぬものなのだ」という感覚ですか。大げさな言い方、ちょっとロマンチック過ぎて上野さんに叱られるかもしれないけど、死の淵に立つという感覚があれば、「男も女も、もうええやン」という感じになるんです。そういったいろいろな体験を自分のなかでしたということがありますね。

上野　死が出てくるのには、ちょっと意表を突かれました。

森村　そうですか。

上野　死は絶対ゼロ度ですからね。

森村　一つ映像作品を見てもらってもいいですか。私が武蔵野美術大学の図書館で、二〇〇四年にやったパフォーマンスです。皆さん聴きたいかどうか分からないけど、まさに恥ずかしながら私の歌声で、『喜怒哀楽を懐に』という歌です。ほとんど美川憲一ですね。

なぜそれを見ていただくかと言いますと、大理石の階段が急勾配で続いているようなところの上に大きなアクリルの板《ばん》を乗せて、その上でパフォーマンスをしました。終って、暗転して、皆でお辞儀をして舞台袖に去るときに、私は足を踏み外しまして、下に転落したんです。しかし、真っ暗ですから皆さん気づかない。救急車が来て、「これは女か、男か」といったやり取りを聞きながら、ほとんど気絶状態で私は病院に運ばれました。肋骨を七本折りましたが、美川憲一の私はプラスティックのボディを着ていたので、骨が肺に突き刺さったりせず、それで助かったみたいです。

そうした一連のことが、ビデオで撮られていたんですが、私はずっと見ることができませんでした。きょう上野さんとお話をするということで、昨夜、恐る恐る初めて見ました。「気、入っとるやン」と思いました。それで、これだったら上野さんに見ていただけるなと思って、持ってきたんです。

あと、プライベートな話はしませんけれども、たくさんのいろんな形の死の世界に触れました。皆さんもそういうものをもっていると思います。他にもありますが、それはあとにして、生きてなかったらこれが森村の遺作ということになった映像を見ていただきます。

（映像作品《なにものかへのレクイエム－武蔵野》を上映）

上野　ありがとうございます。美川憲一になって、いよいよ紅白出場ですか（笑）。この世界まで手を伸ばしておられるとは……。

森村　手を伸ばしすぎて、落ちました。

上野　このあと生死の境を彷徨われて、絶対ゼロ度を経験なさった。それで自分は「ここに属してないのではないか」という心境になってしまったら、この世のコスプレのさまざま、坊主になろうが、男だろうが女だろうが、どっちも同じようなものだというお気持ちに。そうしたら、男装がラクになったということですか。

森村　そうですね。それで、二〇〇六年の三島由紀夫から、〈レクイエムシリーズ〉を始めたんです。美川憲一から二年後ですね。

三島由紀夫と毛問題

上野　三島の名前が出ましたが、男装と言ってもただの男装ではないですよね。森村さんが選んだ人たちがどんな人たちかを見ると、今回の〈なにものかへのレクイエム〉の「なにものか」にいろいろなものを代入できる。とりあえず「二〇世紀」を代入したら、この男たちが男装して何をやりたか

なにものかへのレクイエム - 武蔵野、武蔵野美術大学にて、二〇〇四年

ったのだろうかと言うと、戦争と革命ですね。英雄になるための条件が、その二つなのだと思いますが、そのしょっぱなに三島をもってきた。「なるほどなぁ」と思うのは、三島はフェイクの男ですね。男になりたかった男、男になりそこねた男です。

森村　いろんな人が三島論を語るので、私はメイクの立場から話しますと、男装と女装の二つをやると、すごく面白いんですよ。〈女優シリーズ〉のときにやっていたことは何かと言うと、毛剃りです。毛があっては困るんです。かつて、蜷川幸雄さんの『パンドラの鐘』というお芝居で「ピンカートン未亡人」という役をやりました。そのときはものすごいお金をかけて、永久脱毛をするというクリニックに行き、レーザーでバッチンバッチンやったんですけど、単に真っ赤になっただけ。ともかくひたすら毛剃りです。

それから、もう一つはウィッグです。他は剃らなアカンけど、髪の毛は、なければならないんです。もう一つは衣装。これは、幻想の女――女優と言っていいのかもしれませんが――は、とにかくきれいでなければならない。衣装に皺があったり汚れたりすると、写真撮影は台無しになるんです。この三つの要素で私の〈女優シリーズ〉は成り立っている。

その同じ人物が男をやるとなると、だいたい特にこのあたり（口元）に毛がなくては駄目なんですよ。ゲバラでも、レーニンでも、アインシュタインでさえ。くわえて多くの場合、禿げていることが重要です。ピカソ、レーニン、皆、禿げてます。毛があったら駄目なんです。もう一つ、服は相当汚いほうがいいです。ゲバラとか、汚いほうが断然いい。女装の場合とは、ぜんぜん違うんですね。

そういったなかで三島をやるんですが、三島は髭《ひげ》を生やしてませんけど、眉毛ね。これは、濃く描くだけではおさまりません。付け髭を買ってきて眉毛に付ける。眉毛だけでなくいろんな毛を、この辺もあの辺もいっぱい付けて、そうでないと三島になれないんです。

それで思ったんですが、三島は、若いときは非常に青白い青年だった。顔立ちもなかなかいいと思いますよ。だけど決して大柄ではない。だから、三島にもし毛がなかったらよかったんです。でも毛がある。いまなら美容外科でなんとかできるかもしれないけど、三島が若い頃の一九五〇年代だと、かなりみっともない女装になってしまう。頬が青白くて毛深い男が、女にはなれない。つまるところ結局、小柄な青白い、なよっとした文学青年がいた。もう一方に、非常に毛深くて東京大学に行って、外務省に勤めようとした平岡公威がいた、ということです。そのなかで、非常に複雑な道を選んだんだと思う。

仮説でしかないですが、どうも、外交官の道を進むような政治家的能力に長けていなかったんでしょう。それで文学の道を選んだ。つまり、私が今回テーマにしたような革命や戦争、国際政治といった政治の世界ではなく、文学という芸術の道を選んだわけですけれども、そのなかでいわば男を捨てきれずに、男というものを選んだ人なんではないでしょうか。

上野　「そうか、森村さんは女優という女を演じるフェイクの女をさんざん装ったあとに、三島というフェイクの男を最初に選んだのか」というのが私の感想でした。あの人は毛があったから女装がうまくいかなかったとおっしゃるが、がんばって筋肉を付けましたでしょ。あれはボディスーツみたいなものですね。

三島は天皇主義者で、『憂国』など二・二六事件の軍人のことを書いておられるから、皇軍兵士の制服を着てお亡くなりになるかと思ったら、あの制服は実は、西武百貨店の堤清二さんに注文して誂《あつら》えた、フランスの近衛兵の制服だそうです。まるで宝塚ですね。そこまで、とことんフェイクで亡くなられたというところが彼の表現なのでしょうか。

森村さんは、そうしたフェイクの男にフェイクとして乗り移るというのが、このシリーズの取っ掛かりだったのでしょうか。

ハイコンテクスト・アートの可能性

上野 そのあと「男のなかの男」と言われるチェ・ゲバラなどが登場しますが、男が男装してやりたかったことは、要するにパワーゲームですね。超はた迷惑なパワーゲームが戦争。それで、二〇世紀には何千万人の人が死んだ。それで――時間がないので途中は全部飛ばしますが――、一番最後にガンジーが出てくる《光と地の間を紡ぐ人／一九四六年インド》。「これをやり終えたときに頭が真っ白で虚脱状態になった」とご本人はおっしゃっていますが、なぜガンジーを選んで、しかも最後にもってこようと思ったか、お聞きしたいです。

ガンジーが膝に広げて見ていた本があったので、『少年ジャンプ』かと思ったけど、違いました。白土三平の『忍者武芸帳』でもよかったんじゃないかと思うけど、それは、あの有名なベトコンの処刑の写真で、ご自分でも演じてらしたものでした。いかにパロディであり、フェイクであるといえども、ガンジーまでおちょくるわけにはいかなかったという、その真面目さも含めて、「二〇世紀へのレクイエム」の締めくくりという思いを込めて最後に置かれたと思うのですが、なぜガンジーだったんでしょう？

森村　今回の展示は、厳密に言えばガンジーが最後ではないんです。最後はやっぱり《海の幸・戦場の頂上の旗》（一八五頁）。あれが、三島から始まった展示で最後に見ていただきたいものです。制作するなかでも、どこを完成作とするか、いろんなことがありますが、《海の幸》が一番最後に来てほしかったというのは確かです。

それと「真っ白になった」と書いたときは、確かに写真撮影ということについては、一番最後の作品ではありました。何かをすべてやってしまった最後のところで、あのときは、自分はもうガンジーではないんです。誰という特定のキャラクターを離れた、一人の僧侶という感覚、それを自分のアトリエでやっているんですけど、そのことにある種の、このシリーズの行き着くところを見たのかもしれませんね。

上野　解釈するのは見る側の特権ですから、勝手に解釈させてくださいね。プロジェクトを終えたご本人の感慨もあると思いますが、さっきの半ズボンの少年から連想すると、ガンジーは褌《ふんどし》ですよね。褌って究極の半ズボンみたいなもの。しかも、ガンジーは性別を超越していますね。

森村　『スターウォーズ』のヨーダのイメージに近い感じはしますね。

上野　ジェンダーを超越しているということと、それだけでなく、ガンジーは聖なるアイコンだということ。そういったガンジーのなかにある、非暴力、無抵抗主義、不服従といった、無力の極みがもつ反転した力が、二〇世紀の戦争と暴力のエンディングに来ているということに、何か意味があるんだろうなと思いました。

森村 そのことは思っていました。だけど、それだけでは、ガンジー像に対する読みが浅かったかもしれないといまは思っています。

上野 確かに、一九八〇年代からインド史の新しい研究の波が起きて、ガンジーの女性観とか、運動への女性の動員とかが批判的に暴かれてきています。そういうこと抜きに、こんなふうにアイコン化してよいのかということも思います。

ここには、パロディという方法のもっている本質的な限界や制約があると思うんです。パロディとは、見る人が「あっ、この人ってヒトラーだよね。この人、天皇。この人、ガンジー。ガンジーってこういう人だよね」という予備知識をもっていないかぎり、鑑賞できないものです。これを、ハイコンテクスト性とか文脈依存性と言いますね。ヨーロッパでは宗教芸術がそうです。

私は、歴史は記憶されるものでもあるが、忘れられるものでもあると思っています。インド史の新しい潮流がガンジーの神話を剝がした、みたいに新事実を発見していく歴史もあるけれども、細部はどんどん忘れられて、逆にチェ・ゲバラみたいに、ものすごく神々しい英雄像しか残ってないというように、記憶されることと忘れられることのセットが歴史です。

そう考えると、森村さんはこんなにハイコンテクストなアートをつくり続けておられますが、半世紀後の人が見て、「何、このちょび髭のじじい」とか言うような時代が来たらどうなると思われますか?

森村 忘れられようが、とりあえずはかまいません。《モナ・リザ》だって、西洋の美術のなかでは重要なものとなっていますけど、別の歴史の語られ方をするときには、重要なものではないということはありえる。私の《モナ・リザ》とレオナルド・ダ・ヴィンチの《モナ・リザ》を二つ、まったくそれを知らない人に見せて、「どちらがいいか」ということを試してもらったことがあります。つまり《モナ・リザ》も、知らない人がいるわけですよ。ですから、ハイコンテクスト性のないものはないと思うんです。

上野　ハイコンテクストかどうかは、しょせん程度の差ですが（笑）。今日ではクリント・イーストウッドの映画のおかげでアイコンになりましたが、《海の幸》から硫黄島を連想する人は、数がどんどん減っていくでしょう。

森村　それは比較の問題で、私の作品のなかではかなりローに位置するものだと思うのです。なぜかと言うと、硫黄島の話だけをテーマとしているのではなくて、いろんな要素があるでしょう。

上野　確かに、兵士だということはアイコンとしてはっきり分かるけれど、硫黄島である必要はありませんね。あれは無名兵士の群像でしたね。

森村　そのあたりが、私のなかではローなんですよ。だんだんローコンテクストになっていくなぁという意識になっているのが、あのビデオ作品の特徴なのかもしれませんね。

もう一つ、ずっとセルフポートレイトをやってますが、「私」というものが逃れられないテーマなんです。「私」にこだわる芸術というのは、モダニズムと言っていい。でも、そういう時代に生まれてきた自分なので、私がやることとは、この「私」というテーマをどこまで極限にもっていけるかということに尽きるのかなと思います。

同様にハイコンテクストについても、これは時代性なのか、自分の問題なのか、よく分かりませんが、そのテーマを引き受けてしまったのです。上野さんはすごくいい言葉でおっしゃったけれど、よく言われる悪口です。「あれは物真似にすぎない」。その物真似にすぎないことを引き受けてしまった私なので、これをどこまで、上野さんの問いに答えられるような形のものにもっていけるかというのが、今後の大きなテーマなのではないかな。

他者をどう考えるか

上野　森村さんが、二〇世紀の英雄と言われた人たちのなかに潜り込んだときには、女優になることとはまったく違って、アイコンが抱え込んでいる歴史をそのまま引きずっているわけです。アイコンの負荷を全部まとめて引き受けなくてはならないから、相当の覚悟がないと、それ以前にやってきたようなわけにはいかなかっただろうな、という気はしました。そして、「この人はこういうことやりながら、一体何をやってきたことになるんだろう?」と考えたんです。

こうやっていろんなものを引き受けることもできるのだから、「私探しなんかやめなはれ」というほうに行くのか、もう一方で、こうやって増殖する「私」から、どこまで行っても遂に逃れられないのが二〇世紀なのか、あるいはこれが二〇世紀のアートの宿命なのか、どちらなんでしょう?

森村　どっちに行くのかという問いの前に、セルフポートレイトというのは、自分との対話です。その自分との対話に欠如しているものがある。それは、他者です。この他者というものをどのように考えるのかというところに、やっとたどり着いたのかなという気持ちがいまはありますね。ずっと、自分のなかのインナートリップで彷徨っていた。そのなかで、さっきのゼロ度のようなところにくる。

そしてやがてセルフポートレイトの世界を出るということは、その出たところで他者に出会うことなんだと思います。では「他者」に出会って、私のセルフポートレイトという試みはいったいどんなふうに変化するのか、しないのか。これはもう、ちょっとやってみないと分からない。

上野　普通は、「森村さんの次が楽しみですね」と言って終るのですが、次はやってみないと分からない、とおっしゃるので、このまま終わったほうがいいですね。

森村　そう来るところは、さすが上野さんです。どうもありがとうございました。

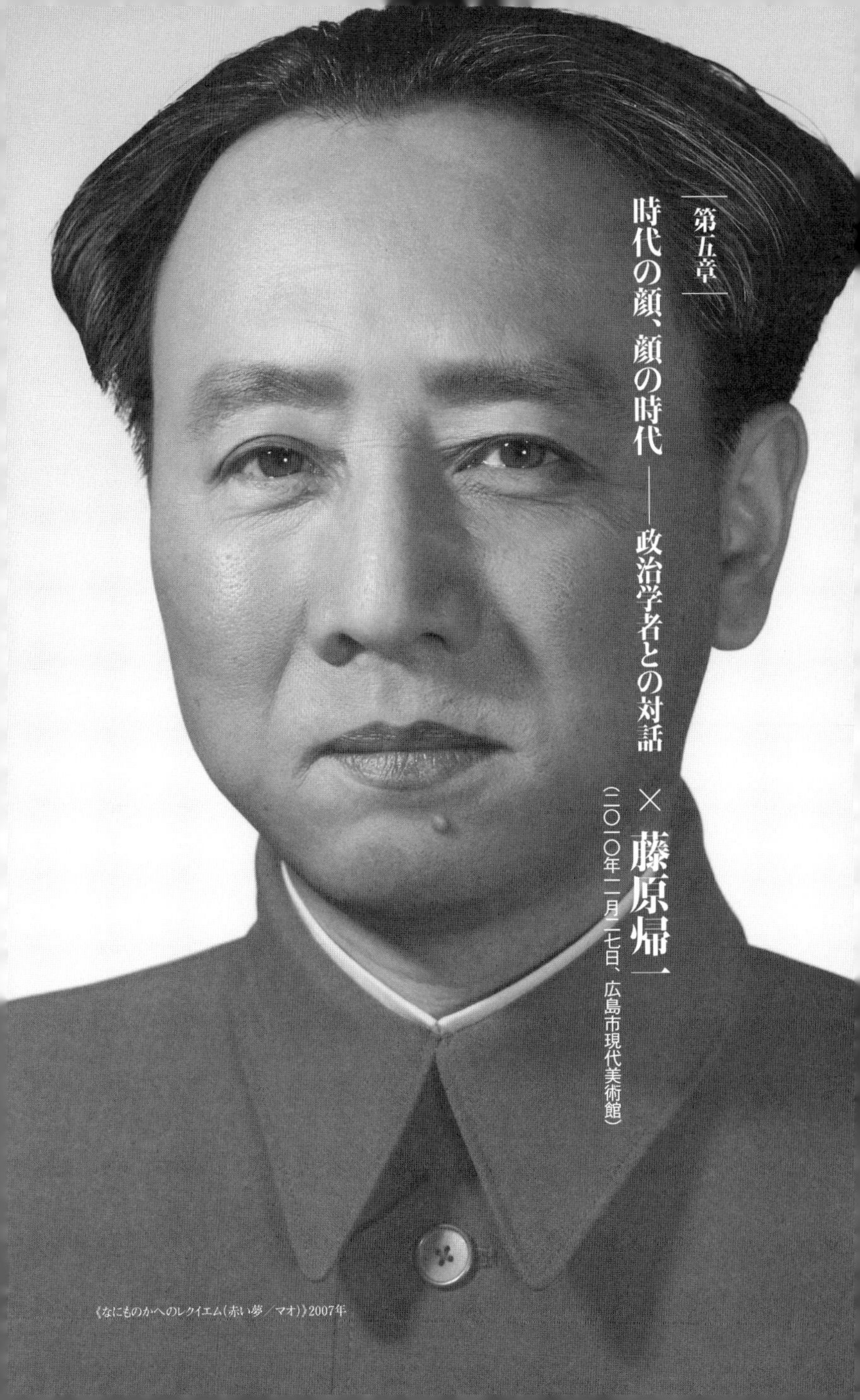

第五章

時代の顔、顔の時代 ——政治学者との対話

×藤原帰一

（二〇一〇年一一月二七日、広島市現代美術館）

《なにものかへのレクイエム（赤い夢／マオ）》2007年

森村　藤原さんは「藤原教授」なんですけれども、「藤原さん」と呼ばせていただいていろいろお話をしたいと思っています。藤原さん、今日はたいへんお忙しいなか、美術館にいらしてくださって、ありがとうございます。とくにいま、皆さんもご存知のように、北朝鮮が韓国を砲撃する――事件というのか事変というのか、私は事件だと思っていますが――という事態が一一月二三日、勃発しました（二〇一〇年、延坪島《ヨンピョンド》砲撃事件）ので、実際のところ、藤原さんはご自分の本業のほうで非常にお忙しくなっておられるのではないかと推察いたします。そんななか、こちらにいらしてくださって本当に嬉しく思っています。
　今日は、私は別に政治のほうに詳しいわけではありませんし、せっかく藤原さんを美術作品の並ぶ美術館にお招きしましたので、藤原さんのご専門の政治の話をいっぱい聞くというよりも、藤原さんが政治学、私が美術、その二つの出会いを美術館という場でやらしていただくとどうなるんだろう、その楽しみのほうが私は多いんです。

藤原帰一（ふじわら・きいち）
政治学者。一九五六年東京都生まれ。東京大学大学院教授。専門は国際政治・東南アジア政治。著書に『新編平和のリアリズム』『国際政治』『「正しい戦争」は本当にあるのか』『戦争を記憶する』ほか。

政治学に苛立ちはないのか

森村　実は昨日、藤原さんはどんなお話のされかたをするんだろう、と急に気になりだしまして、YouTubeを検索してみましたら、外務大臣だった自民党の高村正彦さんとの討論がありました。それが二〇〇八年の番組で、北朝鮮への制裁解除が起って、拉致問題はどうなるのか、ということを藤原さんが鋭く高村さんに追及する番組だったんです。その番組を見ていて私は、浦島太郎みたいな感じになって——あぁ、高村さんという人がいたんだ、と。たかだか二年くらい前です。そのときは、自民党の政権で、しかもアメリカの大統領はブッシュだった。そして、皆さん、日本の首相がどなただったか、覚えておられます？　私なんかはすっかり忘れていましたけれど、福田康夫さんだったんですね。

そういう陣立てのなかで問題が起って、藤原さんが追及するんですが、高村さんは絶大な自信で「そんなことは決まっているじゃないか」といった強い口調で言い切るタイプで、一国民として聞いていると、しっかりした人じゃないか、任せていいんじゃないかと、ついつい私もそんな気になったのですが、それから政権は変ってしまいました。だからもう、北朝鮮の拉致問題を藤原さんと語りあっていたあの方は、もうその問題にタッチしない立場になってしまった。それってたかだか二年前なんです。そうすると、何か非常にむなしい気分になるんですよね。

私が今回テーマとした二〇世紀の作品は、結果的にかなり政治的なものになっていまして、毛沢東、ゲバラ、レーニンなど、いろいろな政治家、革命家が出てきます。そういうものとして私は、二〇世紀の政治的な世界を描いてみたわけです。しかし、この二〇〇八年のことで言えば、高村さんや福田さん、ブッシュといった人たちが自分の作品テーマになるかというと、ならないですね。冗談で、金《キム》正日《ジョンイル》をやらないかとおっしゃる方もいらっしゃるんですが、なりえないんです。毛沢東だったらなりうる。二一世紀の政治家たちは、私たちの作品テーマになりえない人たちになっている。それが二〇世紀と二一世紀の違いに感じられたんです。

そういったことが、YouTubeをみながらの私の感想なんですが、私が藤原さんにお聞きしたいのは、「イライラしませんか」(笑)、ということです。ご本などを読ませていただくと、藤原さんは、政治とは何か、社会とは何か、といったことに対する、非常に長期的な、未来の展望に立った視点でものをご覧になられる。そうした視点で政治学者はやっているのに、政治家たちは、「来年はこの人はもういないかもしれない」。そうした人に向って、藤原さんは何かを言わなければならないということに、藤原さんは政治研究をやっていらして苛立ちのようなものをお感じになられないんですか？ そういうことを最初にお聞きしたいと思ったんです。

藤原　そうですね、イライラということで言えば、そのときそのときの判断を自分ができているかということが僕にとって大きな課題なんです。いま起っていることをきちんとつかまえているかどうか、ちゃんと自分が見るべきものを見ているのか、そのことが非常に不安なんです。だから、自分の力不足にイライラしているということはあるかも知れません。

後も先もわからないなかで情報を集め、これまでどういうことが起っていたのかを確かめ、こういう流れでこういうことが起っているんだ、ということを後付けながら、現在何が選ばれようとしているのかを考えるのが仕事ですが、この、何が選ばれようとしているのかという点で言えば、何が論理的に可能かばかりでなく、当事者が何をしようとしているのかが問題になる。ですから、当事者がどういう選択を考えているか、ということを考えながら、いまどういう時間にいるのかをつかまえることが課題になるわけです。現在進行形の仕事、そして自分の判断だけでなく、人の判断を占わなくてはいけない。そのなかでは、高村さんがどういう人か、ということは極端に言えば問題ではない。高村さんは外務大臣、その外務大臣がどういう決定をするか、それが検討の対象です。

何に対してのレクイエムか

藤原　森村さんの展覧会を拝見しまして、なるほどなぁと思ったことがいくつかあったんですが、最初にまず、二〇世紀の問題ですね。取り上げられた方々は二〇世紀のなかでも、圧倒的に二〇世紀前半に活躍した人がこの展示の中心です。確かに、二〇世紀の後半になると、手塚治虫、ウォーホルといったアーティストがいるし、チェ・ゲバラもいて、いくつかの事件——浅沼委員長暗殺事件があって、三島由紀夫がいる。ただ、キャラクターとしての重点は圧倒的に二〇世紀の前半のほうに置かれていたと思います。革命とファシズムとアメリカ、という三つの柱があると森村さんは書かれていましたが、それにかなう人が登場する時代は、二〇世紀の後半ではなくて、二〇世紀の前半になるんでしょう。

また、登場人物は圧倒的に男ばかりですが、その男たちはどれも、政治権力の行使と個人との関わり、大きく言えば国家と人間というテーマに関わってますね。その問いに答えるような政治ドラマがファシズム、ナチ、それから、日本の軍国主義ということなのでしょう。政治権力があるイメージを作り出し、個人のカルトのようなものも出てきます。報道写真がベースになっている作品でも、この人の顔が同時にこの時代であり、この時代にみんながそう思いこんでいたという前提がある。個人が政治権力を体現し、時代の顔になっているわけです。

ところが第二次世界大戦後になると、個人が政治権力を独占し、その権力が時代を独占するという印象が急に減ってしまう。レーガンや金正日だと、一晩のチャップリンにも及ばないインパクトなんです。つまり、シンボル、表象、イメージといったものがとても短期間に消費される時代になって、固い、ソリッドなイメージにならない。だから、二〇世紀の後半が絵になってくれない印象なんです。そこで質問なんですが、森村さんは、この二〇世紀が終ったものだと考えられていますね？

森村　はい。

藤原　そう、二〇世紀前半という時代は、終っていて、帰ってこない。ということは、二一世紀になったから二〇世紀が過去なのではなくて、既に二〇世紀後半という時代が、あらかじめ失われた二〇世紀の余熱みたいなものなのではないか。「レクイエム」が何のレクイエムなのか、ずっと考えていたんですけれど、そこでは帰ってくることがない時代、時間についてお話をされていると思ったんです。

森村さんは『日本経済新聞』で映画の連載コラムを担当されていて、アニエス・ヴァルダの『アニエスの浜辺』について書いていらっしゃいました。これは素晴らしい映画で、ご覧になってらっしゃらない方はぜひお勧めしたいんですが、この映画では、浜辺に、鏡や白い服をまとった娘たちを配置しながら、自分の過去を再現していく、自分と関わりのあったものを取り戻していきます。アニエス・ヴァルダにとって、それは失った時間であると同時に、その失った時間を再現するということが彼女のアートであるということですね。

この展覧会を見て、森村さんは、二〇世紀後半から現在に至る時代をほとんど取り除いてしまうことで、現在の政治の話をしている、それは現在の政治が美術にならないことをおっしゃっているんじゃないか、ということを考えていました。ある時代の男の顔をつかまえるということがアートになる、そういった時代が終ったんだ、ということを考えてらしたのではないか。それがつまり、「我々が失ったものへのレクイエム」という展示だったのかな、という印象です。

そしてさらに、展示を拝見しながら、私がやっていることは何なのかな、ということを考えていました。政治学者は現在をずっと追いかけています。けれど、森村さんは、我々が失ったものを描かれ、もうないもののなかに生きている現実を示している。時間の判断が違う方向を向いているんですね。こうした時間の感覚というものは、森村さんのお仕事のなかで、どんな意味をもつんでしょうか。

時代を映す「顔」

森村　さっき私は藤原さんにイライラしませんか、と投げかけたんですけれど、もしかしたらイライラしているのは私かもしれない(笑)。それはどういうことかというと、顔が見えない、ということでしょう。すごく雑駁《ざっぱく》な言い方をしますと、私はやっぱり、テーマは顔なんですよ。「顔」を追いかけている。それは誰の顔であってもいいのではなくて、その顔が時代を映す鏡となった顔、顔をテーマとするにあたって、やりがいがある顔です。何百年も前の顔、例えばレオナルド・ダ・ヴィンチの《モナ・リザ》、その顔はやはり時代をさまざまな形で映し出す鏡になっている。

私はマリリン・モンローにこだわってテーマにしていますが、モンローの顔は、二〇世紀のいろいろなものを映し出す一人の人間の顔であって、アメリカの顔であるかもしれない。しかも、その顔はノーマ・ジーンという本名をもつ人が化けた顔である。いろいろな意味でモンローの顔は面白い。その面白さは時代の面白さであって、時代の記憶とつながっている。

私は最初、美術史、美術作品など美術をテーマにして作品をつくって、一五世紀あたりから、ゴヤ、レンブラントなどいろいろな顔をやりました。そして次には、二〇世紀の顔もテーマにしなくてはいけないと考えました。そうするともう、絵に描かれた顔ではないです。絵ではなくて写真という時代になった。私たちに顔を見せてくれるメディアは、写真や映画であり、こうした表現のメディアが自分の作品のテーマになってきました。そして、一九七〇年一一月二五日に三島由紀夫の割腹事件がありましたが、その顔を境にして、その後に続く一九七〇年代以降の顔というものが、どうしてもテーマにならなくなりました。

映画もそうで、映画をテーマに〈女優シリーズ〉をやったんですが、マレーネ・ディートリッヒやグレタ・ガルボ、そのあと、一番新しい顔は『タクシー・ドライバー』のジョディ・フォスターですよ。あるいは、『俺たちに明日はない』のフェイ・ダナウェイあたりまでで、それ以降はテーマとして扱っていないんです。七〇年代以降に顔はあるのか、というと、テーマにするに足る顔というものがない。ですから、ある種の苛立ちは、実は自分自身がもっていたのではなかったかと思えたのです。

藤原　ある意味で、他の人も共有している感覚に近いと思います。あるとき、『七人の侍』のような映画をまた撮らないんですかと尋ねられた黒澤明が、もう無理だ、日本ではそんな映画は撮れない

と言いました。それはなぜかというと、「顔が悪い」。真の侍を撮るための役者がいないからだという
んですね。日本人の顔が変ったというわけです。確かに、黒澤がおじいさんになっただけだ、という
嫌味を言えないこともない。自分が年をとって、若い世代の顔にシンパシーを感じられなくなった、
年が離れてくるからみんな子供に見えてしまう、ということでもあるでしょう。だけど、たぶん、そ
れだけではない。黒澤がどうということではなく、一人ひとりの顔に対する意味づけが変ってきたか
らです。

森村さんはずっと、人の仮身になるというお仕事をやってこられた。これを支える技術は模倣です
が、もちろんそれだけではなくて、そこにはオリジナルに対する批評がある。そして批評だけだった
ら、ここまで表現力をもつことはないわけで、批評を行いながら批評する自分自身に森村さんの関心
が刺さってくるんですね。モンローやモナ・リザになったりしながら、それを表現している自分とい
うものは何なのか、という問いが常にある。作品によって目の動きも、演技にせずに地のままにして
いるものから、逆に目をそのまま溶け込ませているものもあります。こうして絶えず、模倣する対象
をとらえ、それを客体化し、批評を加えながら、それをつくっている自分というものを意識している。

ただ、どんな顔でもそれができるわけじゃない。そこまで没入できる対象でないと、表現の対象に
ならない。相手を選ばざるを得ないわけです。だって森村さん、これがキャメロン・ディアスだった
らやる気になります？　ディアスのファンの方がいらしたら、ごめんなさい(笑)。ディアスがきれい
かどうかが問題なのではなくて、一九五〇年代、六〇年代にとってマリリン・モンローにあった意味
と、キャメロン・ディアスがもっている意味とはまったく違うということなんです。

さらに言えば、映画ではコンピューター・グラフィックスが盛んになって、もちろん顔もいくらでも変えられるようになって、結果的に実写映画も含め、映画という映画がすべて、全部アニメになってしまった。実写映画の人の動きもすべて、いわばアニメ化されて、この段階で、例えばグレタ・ガルボが笑ったら、「あ、ガルボが笑った。もう一度、ガルボのアップを見たい」という、個人と観客が没入するような関係も切れてしまう。その切れたところ、顔が顔になる時代から顔が平準化してしまう時代の分かれ目が、一九七〇年頃――『タクシー・ドライバー』は七〇年代に入ってからですけれども――だ、ということではないでしょうか。

森村　確かに、いまの顔は、アニメです。アニメが顔になっていると言っていいでしょう。つまり、若い皆さんのファッションとかメイクを考えたときに、想定する像は、アニメのキャラクターの姿形、顔に影響されているところが多いと思います。

例えば、もう既に古い言い方になりましたが、「茶髪」なんて、髪を染めるというのは、かつては西洋――白人――願望だった。でも、いまはそうではない。さまざまな色があるなかの茶色であって、それはピンクやブルーや、いろんな色が髪の毛にはあり得るんだ、素敵な色はたくさんあるぞ、ということです。そしてその色味《いろみ》がどこからくるかというと、明らかにアニメのキャラクターの色なんです。

スタイルもそうですよね。皆が求めるプロポーションというのは、かつては「マリリン・モンローのようなグラマー」とか、「オードリー・ヘップバーンのようなスレンダー」とかがありましたけど、いまは、顔が小さくて、足が長いといったアニメスタイル、メイクも完璧にアニメメイクです。そし

なにものかへのレクイエム(夜のウラジーミル 1920.5.5-2007.3.2)、2007年

て、そのアニメメイクを再現するタレントやモデルたちに影響を受けたメイクを、さらに皆がする。こうして原型がアニメ的なものになっていて、私がそれをするかしないかは別ですけれども、現代の顔をテーマにするとすれば、やっぱりアニメというテーマを扱わざるを得ないだろうなと思います。

それはノスタルジーなのか

藤原　森村さんが展覧会のテーマに二〇世紀をもってこられたということは、例えばマネでもドラクロアでもない、非常に現在性が強いところを表現したいという意欲の現れではないかと思うんです。他方、「現在」よりも少し前の顔、一九七〇年代以前に時代を絞っていらっしゃる。そこで伺いたいんですが、結局、森村さんのお仕事は、過去に向っているんだろうか。ご自分のお仕事が、失われた時間についてのものだと開き直った気持ちがありますか？　それとも、もっと現在をつかまえたいということなんでしょうか？

森村　いくつかの問いがあったと思いますので、その答えを探さないといけないのですが、その前に、黒澤が「もう、いい顔の役者がいない」と言う意味は、私にもよくわかります。私のレーニンを扱った作品(前頁)では、たくさんの群衆が下にいますが、これは、大阪の釜ヶ崎という労働者の町で制作しました。この町の人たちの顔、これがいい。

藤原　ええ、いい顔でしたねぇ。

森村　この顔を探してたんですよ。撮影のとき、人をたくさん集めるために、場所や方法もいろいろ考えました。美術館の友の会の会員をワークショップとして募集するとか、美術系の大学に声をかけて学生たちを集めるとか。けれども、どうも顔が違う(笑)。二〇世紀の顔がほしかった。そうすると、都会で生活する若い人たち、それから、年配の人ですら既にかなりソフィスティケートされていて、みんな、「いま見る顔」なんです。いまの顔じゃなくて、かつてあった、例えば私が子どもの頃に見ていたおっちゃん、おばちゃん、近所の人たちの顔が、どこに行ったらあるんだろうかと考えた。すると、風景や服装を含めて、釜ヶ崎にはそれがしっかり残っていた。これは、自分にとっての世界遺産だ、二〇世紀遺産だと思いましたね。釜ヶ崎という町は、まったく手つかず――アンタッチャブル――なんです。周囲は開発されて、超高層ビルが建っていますが、釜ヶ崎だけが取り残されている。それは不幸な「負の遺産」なんだけど、そこに、顔が残っているということなんですね。

こうしてこの作品を作ったのですが、藤原さんの問い、つまり、私の作品は過去に根差しているものであって、それはノスタルジーなのかという問いに対しては――答えになっていないのですが――、映画の『ALWAYS 三丁目の夕日』、あれにはなりたくないということはありますね。

例を挙げたほうがいいと思うのですが、私は、例えばチェーホフが好きなんです。『桜の園』とか。舞台は、一八世紀が終り一九世紀が始まろうとするロシアです。『三人姉妹』もそうですけど、時代の変り目の物語なんです。チェーホフ自身、一九世紀末に生き、ロシア革命前夜に世を去ったわけで、そういう時代の変化を敏感に感じ取りつつ、しかし新時代を称揚するのとは逆に、時代についていけないもの、滅び去ってゆく人間や文化のほうに、チェーホフは肩入れしているように思えます。

時代が変っていくときには、誰もがこの時代はすごいぞと思います。しかしその時代の変化に対して、「OK」と賛成してついていくのかどうかというときに、「取り残されていくものがあるじゃないか、これを、どうしてくれるんだ?」と私は思ってしまいます。私が日々生活しているなかで目にする日常の風景もそうです。頼みもしないのに近所に道路ができていったりする。自分の大切に思っていた風景とか、好きだったものが、消えていく。それに対する大きな怒りがあります。しかしながら、その時代の変化というのはよくわかるし、当然、風景も変っていかざるをえない。でも、その変り方には疑問をもってしまいますね。

忘れられていったり、取り残されていったり、失われていったりするものが確実にある。「それをどうするの?」と言ったとき、そこに目を向けることのできるのは、芸術しかないのではないか。そこに目を向けて、そこを輝かせる。「過去」は新しい時代についていけなくなって、やがて滅びるものなんだけれども、それを芸術の領域で輝かせておく。『桜の園』や『三人姉妹』の登場人物も、昔の時代の人々です。時代に取り残されていくんだけれども、そこを作品として残す。そうすると、それが作品として残っていくんですね。

その手続きなしに、すべてのものをブルドーザーで更地にして、新しいものを建てていくということに対する怒りがあって。それが、今回の〈レクイエム〉シリーズにつながっているような気がします。

温故知新のこころ

藤原　いまのご指摘、まさにその通りだと思います。『桜の園』では、帝政ロシアが衰弱する過程で、生活がどんどん変っていく。似たようなものを挙げるとすれば、ランペドゥーサの『山猫』。これはヴィスコンティの映画で有名ですけれども、貴族の時代が終りつつある南部イタリアの話です。貴族たちは、時代が変化していくこと、それに順応しなくてはいけない、受け容れなくてはいけないということがわかっている。それはつまり、「俺の時代は終ったんだ」ということを思い知らされるということです。

時代の変化というものはいつでもあると思いますが、その変化と個人を結びつけ、一人の人間を表現することで、より大きなものを表現する——大げさに言えば人文主義の精神ということになるのかもしれないのですが——、それが、バルザックの『人間喜劇』やフローベール、あるいはトルストイであるわけですね。そういうキャラクターの造形に根ざした、小説で言えば「ブルジョア小説」などと左翼から批判されながら、同時に憧憬もされた、あの時代というものが壊れていくさなかに、チェーホフは書いているわけですね。

絵画では、肖像画がたくさん描かれた時代があった。その後抽象画、それも、どうやって真似したらいいかわからないような、タテヨコ斜めの線の絵になっていく。音楽についても、ベートーベンが『エロイカ』でつくり出す一種のドラマはロマン派という形でさらに開花しますが、二〇世紀の入り口でそういったものも衰えていく。

こうした時代認識は、現代になってくると、さらに凄まじいことになっています。人の顔が皆アニメになってゆくということになると、森村さんは、これからは『セーラームーン』、『セーラームーン』じゃなかったら、『フルーツバスケット』の顔を真似しなくてはならなくなる(笑)。そういったところに追い込まれてくると、それを表現する自分と、表現に使っている媒体としての個人、この関係のつかまえ方がまるで違ってくるわけですよね。毛沢東の顔をどうつくっていくのか、なんで俺は毛沢東をつくっているんだろうかという働きかけと、何でセーラームーンの真似をするのかということとは、ぜんぜん違うことになってしまう。

森村　そうですね。

藤原　そこでは、失われていく「逝きし世の面影」というお話と、一人ひとりの人間のキャラクターや生活世界といったもの、それから、自分が向き合うという形でのフィクションのあり方、あるいは芸術のあり方というものが、記憶は記憶でも、だんだんコンピューターのメモリのほうに変っていってしまう。過ぎし日の面影が、失った表情、顔を想起させる。そういう索漠とした感覚というのをどこかに感じていました。

森村　あのー、『セーラームーン』、やるかなぁ（笑）。バルザックやチェーホフの話をなさいましたけど、私は美術をやっているので、美術作品で一つ例を挙げると……、うーん、しかし『セーラームーン』は……、まあ、新しいか。

藤原　世代によっては、もう古いかも知れません。

森村　そうですね。失礼しました（笑）。「現代物」を「過去物」と同じようにして作品化するのか、できるのかという話に、答えになっているかどうかわかりませんけれど、自分の考えをお話しさせていただくと、またすごく古いことになりますが、温故知新――古きを尋ね新しきを知る、と言いますね。新しいものは、古いもののなかにある。現代美術論で話をするような内容ではないけれど、そんなことはすごく思います。

一人の絵描きの例を挙げると、フランシスコ・ゴヤです。ゴヤの時代は、啓蒙主義の時代――科学が発達してくる理性優先の時代です。そのなかで、ゴヤはスペインの人ですが、スペインには当時はまだ、病気になるのは悪魔がとり憑いたんだから、魔女に頼んで何とかしないとまずい、というような迷信が残っていました。そこに、フランスあたりから新しい考え方がスペインにも入ってきて、かなり新しい時代に変っていくときだったと思うんです。

そんな時代に生きたゴヤが、いろいろやりながら、最終的に戻ったのは、魔女を描くことだったんです。〈黒い絵（Black Painting）〉という有名な作品群がありますが、〈ゴヤは若いときにも、魔女の集会の絵を描いています。しかし、面白い絵ではあるが、ステレオタイプ化した魔女像だったりする。

ところが、最晩年に描いた〈黒い絵〉シリーズは——多少伝説はあるかもしれないけれども——、家に閉じこもって、その食卓とかに描いた、誰にも見せない絵だったらしい。その絵にもやはり、悪魔や魔女とかがいっぱい描かれている。しかし、かつてのステレオタイプ化されたものではないんです。その啓蒙主義的な理性の時代、「魔女なんかを信じているのはバカだ」というような時代に、古臭いスペインの闇の世界をテーマにするんです。

テーマにするんだけれど、その「古い」テーマを、ゴヤは自分の生きた時代の器に移し替える作業をしています。初期の魔女の作品は、古い器のなかに古いイメージを入れて描いている。だからステレオタイプ化するんです。時代は確実に新しくなっていて、ゴヤの生きていた時代には魔女の時代は終っている。終っているその時代の新しい器のなかに、かつてのものを入れる。「かつてのもの」は、魔女やらそんなものですけれども、それはきっと、ゴヤのとっても好きな世界だったと思います。好きでないと駄目ですよ。その好きな世界を、ゴヤの生きている「いま」という時代の器のなかに移し替えている。

するると、ものすごい絵ができて、その絵はいま見ても「これ、現代美術と違う?」というぐらい新しい世界になっています。つまり、古いものを、どうやって「いま」という新しい時代に移し替えてやるか。これは、古いものを懐かしんで、「昔はよかったなぁ」という話とはずいぶん違うし、また、新しい時代の新しいイメージや、考え方や、流行といったものに追随するのでもないのです。古いものと新しいものとの新しい関係を見出すことによって、何かを産み出す。自分がやりたいのはこれかな、と思っています。

失ったものは何か

藤原　古い形をつかまえて、新しい関係と意味を見出すわけですね。森村さんの方法なんだろうと思います。ある時代をとらえるときに、ある人をとらえて、その人に対する思い込みやフィクションを含めて、時代の意味をつかまえる。それは例えば、ヒトラーかもしれないし、昭和天皇かもしれない。「マッカーサーって、こんなに背が高いんだ。昭和天皇は意外と背が低いんだな」といった発見、それは時代に共有された発見ですよね。

そういったものに比べて、現在、どういう時間を生きているのかということを共有している感覚は、なかなかつかまらない。つかまらないから、わからないまま閉じ込めて、ブラックボックスになってしまっている。そこを森村さんは、人を素材とすることで、箱のふたを開けていった。

また質問なんですが、三島由紀夫がモデルになっている写真のモリムラ版のタイトルに、近代能楽集の『弱法師《よろぼし》』を使ってらっしゃいますね。

森村　はい。

藤原　『弱法師』は『近代能楽集』のなかでも、時代と三島のズレが端的に表現された作品ですね。自分が、第二次世界大戦とともに世界を失ったんだという感覚が台詞のなかにも出てきますが、この台詞を換骨奪胎した形で、森村さんはビデオ作品《《烈火の季節／なにものかへのレクイエム（MISHIMA）》》（一八一頁）のなかでも使ってらっしゃいます。つまり、自分たちがある世界を失った、見えない状況というものを、三島に仮託して語ってらっしゃる。これは何なんだろうということです。

我々が自分のいるべき世界を失っているということを、説教する三島というオブジェを使って示してらっしゃるんですが、それでは僕たちは何を失ったんだろう。それはたぶん、単に「昔はよかった」という話ではないんですね。もっと具体的なものを喪失したんだろうと思うんです。その「あるものが失われた」という感覚が、展示のなかでずっと流れていた気がするんですが、何を失ったんだろう?

森村　何でしょう? 何だと思われますか。

藤原　何でしょうね。何を失ったのかな。

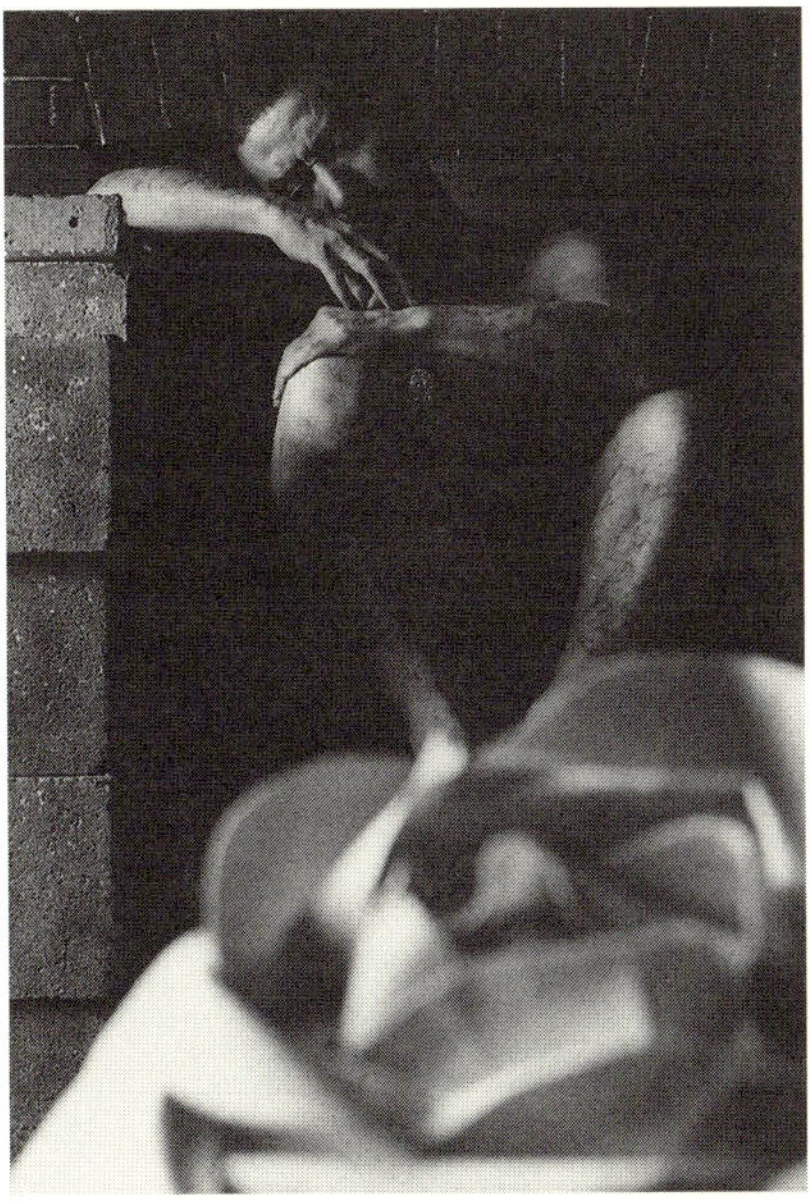

薔薇刑の彼方へ(弱法師の夢／開花)、2006年

森村　何かを失ったというのは、大事なテーマです。それは、何に対するレクイエムなのかということにつながるのだと思うんですけどね。自分のなかで、喪失感はありますね。

藤原　それはノスタルジーとは性格が違ったものですよね。

森村　うん、違うと思う。

藤原　もっと具体的なものを失った……。

森村　失ったものって、何か「こ

れだ」というものではないような気がするんです。さっきも少しそのように言いましたけれど、喪失感というものとともに、喪失させられた、喪失させられていることへの怒りというのが、どうも、自分のなかにはある気がするんです。

藤原　なるほど。

森村　芸術というのは、非常に不思議な成り立ちをしているような気がします。それは、公のものと私《わたくし》的なもの、ものすごく個人的な思いと社会に対する何かの発言といったものが、渾然一体、背中合わせになっているような気がするんですね。もしかしたら、人間の行いというものはすべてそうかもしれないです。

例えばレーニンですが、レーニンが革命を起す。これは、ある信念に基づいた政治活動だと思いますけれども、レーニンは、兄さんか誰か、肉親が皇帝に殺されていますよね。これは非常な怒りだと思うんですよ。そして、それはとても個人的な物語です。レーニンの革命は、ある種の復讐劇と言ってしまうと、申し訳ないかもしれないけれども、その「あいつは許せない」という思いは、なかったとは言えない——これ、完全に私の創作の域に入ってますけどね。そう思えてならない。そのことと、社会での革命という活動、この二つが背中合わせになっているように思えてならないんです。

私にも当然、両親がいますけれど、彼らが生活を営んでいた時代があったり、彼らを取り巻く多くの人たちがいたりするわけで、そうしたある種の広がりというものが目に浮かびます。こういったものたちが、歴史のなかに忘れ去られていくんだな、ということを個人的にすごく感じる。それはやっぱり喪失感なんですよ。これを失わせてしまっていいんだろうか。この喪失感と喪失させられていくんだということに対する怒りにも似た心情を、何らかの形で自分なりに形にしたい。私が空想的に描くレーニン像とつながるのかもしれないけど、私の喪失感や怒り、これは、自分一人だけの問題ではなくて、そういった感情を共有する人たちもきっといる。ならば、つながりがもてることかもしれない。そういう非常に、私的な思いがあります。

中心にさまざまな喪失感があって、そうしたものの周りに、いろいろなものが付随していきながら、自分にとっての二〇世紀がある。さらには、そんな喪失感がまさに二一世紀という時代の感覚でもある。これが、自分にとっての喪失感の答えかなと思うんですけどね。

藤原　いまおっしゃったことが、今回の展示全体を貫いている気がします。それは、自分が経験したこと、それが過去のものであっても、写真でも、どういう状況でそれを見たのか、どういう意味を感じたのか、どういうエモーションをもったのかということを含めて、そういったものは、はっきり言って死んでしまえば、雨が、あるいは涙が流れ去るように、なくなってしまう。だけど、その一つひとつの、自分にとって重要だったその瞬間というものがなくなってしまうことは、それは耐え難い。そこで、その流れ去る瞬間を形にできないだろうかということが出てくる。

政治学の仕事、芸術家の方向性

藤原　これは実は、歴史家が過去を確定していく作業とは、まったく違ったものなんですね。歴史家の場合には、事実の確定——何が起ったのか——ということが大事ですけど、ここでは、自分にとっての過去のもつ意味のほうが過去の事実よりも重要になる。その過去の意味を取り戻して表現するという作業を、今回の展示で拝見したような気がしました。お言葉を伺っても、とても説得力のある説明だったと思うのですが、芸術家の表現は何より芸術作品そのものですから、いまのお話をお伺いして、また作品を拝見することで、さらに違うものを知ることができるのだろうなと感じています。

森村　なるほど。歴史というのもさまざまで、確かに歴史の認識というのは、事実――「こういうふうなことだった」ということ――を並べていくことによって、ある種の歴史が語られるというのはまったくそうだし、おそらく歴史家も、政治学者も皆、まさに芸術とは最初の方向性が違っています。

芸術家の場合は、「私」がすごく大事なんです。「私がどう思ったか」「私が何をするのか」「私はどう考えるのか」。そこのところから何かを出発させる。これは、非常にモダニスティックな考え方だとは思います。つまり、一枚の絵を描くというのは、一枚のキャンバスを前にして画家がいて、その画家という「私」が何かを描くのであって、表現というのは、ここがすべての出発だという、このモダニズムを信じているという面が、私にはありますね。

けれども、学者的側面だと、事実関係を押さえなければいけないから、「私がどう思ったか」ということは、とりあえず置いておかなければいけない。それで「ここは、こういうふうに起ったのだ」ということを確定、あるいは実証していきながら、それを一つの流れにしていくのが基本だとしたら、「じゃあ、事実って何なのか」といったときに、Aさんの事実と、Bさんの事実は違うだろうというのが、おそらく藤原さんの政治のとらえ方には出てくるのだろうと、私は思うんです。

つまり、広島に原爆が落ちた。ヒロシマがそれをどうとらえるのかというのと、アメリカがそれをどうとらえるのかというのは、確実に違う。それぞれの人にとって、事実というのは一つではない。

つまり、Aさんの物語る事実、Bさんの物語る事実、いろいろな物語る事実があって、そうなれば歴史学や、政治学といった学問のうえでも、結局のところ個人——ある誰か——が、どう思ったのかという部分が、とても大事な要素になってくるだろうと思うのですけど。

藤原　そうですね。事実を確かめるという世界と、どういう意味があるのかを発見することを、さっきは区別しましたけど、実はそうくっきり区別はできない。歴史がもし事実解釈の過程であったとすれば、受け手から見放されます。というのは、受け手からすれば、僕たちはどこから来て、いまどこにいて、これからどこに行くのかという——なんかゴーギャンみたいですけど——、これが最大の関心だからです。そして、その物語がほしい。もし歴史家が物語を提供しなかったら、読者は、極端に言えば捏造してでも物語を作り出す。だから、歴史家が何と言おうと、坂本龍馬の物語が受け入れられる。龍馬に自分の気持ちを寄せていく。歴史家の分析よりも、物語のほうが歴史なんだと受け手は考えます。

僕らにとって大きな問題なのは、物語には必ず嘘が入っていることです。その嘘によって散文的な現実から目を逸らせるところがあるんですけど、フィクションがあるから意味が獲得されるという作業は、嘘だからといってなくなりはしない。今回の展示で出ている人は、そのようなフィクションで輝いていた人ばかりなんです。ところがこれが、現在という時代になると、物語性が一挙に衰えていく。物語性というのは、必ず記憶とつながっていますから、現在の解釈に使われることはあっても、現在は物語そのものではないですね。そこで、どうしてもそれがエアポケットになるのです。

これが、なぜ僕らの仕事と関係があるかというと、政治について語るときに、現在を語るとはどういうことか、ということです。例えばいま、戦争の直前の状況をどう解釈するかという作業と、かつてレーニンがどうしたとかいう話の間には、はっきりした溝があります。僕らにとっては物語性のない現在と、物語で語られ、皆が共有している過去の間に挟まれて、物語の嘘を暴きながら、物語でしか語れないものがあるということを受け容れるしかない。物語を排除することができないわけです。

現代を語ること

藤原　森村さんの、最初の苛立ちとの関係について、すごく長い回答になってしまいました。現在と、現在の政治をどう見るかということに関わると、いつも散文的になってしまうんですよ。

森村　それは、いつもですよね。

藤原　いつもそうです。そういう意味では、レーニンと同時代に生きていた人たちは、レーニンを非常に散文的な、そして前時代の政治家のような力も魅力もない人間だと考えています。ヒトラーについても、ビスマルクならともかく、ヒトラーなんて茶番じゃないか、こんな奴についていく国民はいない、と思ったりする。だから、彼らのイメージがいまから見て大きく見えるのは、ある意味で僕らの思い込み、あるいは偏見なのかもしれません。その時代にいると、かえって物語性が見えてこないところがあるわけです。

それで済むのなら、いまの平板でプラスチックな政治も、あと数十年経てば違って見えるのかも知れない。だがそこで怖いのは、そうではなくて、ある人物を通して政治を考えることのできる時代が終ってしまったんじゃないかという恐れです。そして、人間を通して考えるということができなくなってしまった政治って、何だろう。芸術家にとっては意味を失うでしょうし、我々にとって何なのだろうかということです。森村さんの苛立ちが、僕に移ったのかもしれないですけど（笑）。

森村　展覧会の最後に見ていただいたビデオ作品の《海の幸・戦場の頂上の旗》（一八五頁）、あれはもう「美術作品」というよりは「映画作品」といってもいいと思うのですが、あれは、今回の展示をずーっと見ていただいた最後のところで見ていただく作品で、制作順でいっても、ほぼラストにくる作品です。三島の演説の作品から、今回の〈レクイエム〉シリーズを二〇〇六年に始めました。そして、二〇〇九年の年末あたりに——編集を全部終えたのは二〇一〇年ですけど——《海の幸・戦場の頂上の旗》という作品で終ろうとしたんです。その四年ぐらいの間に、いろんな出発と着地をくり返し、次第にものごとのとらえ方にも、変化が生まれてくるんですね。

当初は、三島由紀夫と言ったら誰でも知ってる、ゲバラも、アインシュタインも皆知ってる、という二〇世紀的な顔、藤原さんのおっしゃる輝けるイコンの顔をずーっと追いかけていって、それを通じて、二〇世紀とは自分にとって何なのかといったことを考えるというスタンスでした。

「考える」ということを少し説明させていただくと、何か非常に理性でもって、「今回は二〇世紀をテーマとしよう」「では、二〇世紀の顔にはどんなものがあるだろう」と並べてみて、試行錯誤して組み立てたように思われるかもしれませんが、そうではなくて、出発点として、やはり非常に個人的な思いがありました。それは、私が一〇代から二〇代にかけての頃に残してきた宿題を「これを機にそろそろ片づけたいな」という思いなんです。

私は、中学のときはとても幼い中学生だったんですが、進学した高校は、ませた生徒がたくさんいた学校でした。一九六六、七年の頃でした。その子たちは、胸のポケットから赤い手帳なんかピラピラ出すんですよ。それは、『毛沢東語録』でした。政治の時代だったんです。もう一つは、岩波文庫の白い帯のもの、それが『共産党宣言』。「これ誰?」「何それ?」なんですけど、すごくドキドキするんですね。そこには何か、怖さと誘惑がある。

でも、丸坊主に詰襟で高校一年生になった自分にとっては、何だかよくわからない大人の世界なんです。彼らは、最初から髪の毛があって制服なんか着ないんですよ。そういう連中がいるなかで、さまざまなものを知っていくんですが、そのことに対して自分は——ちょっとお下劣な言い方かもしれないけれども——、「おとしまえ」をつけていないままに来ているような気がするんです。その「おとしまえ」をつけるための四〇年という感じなんです。

どう「おとしまえ」をつけるかということは、自分の語り方の問題でもあります。彼らは言葉で語りました。というのは、政治は言葉で語りますから。私は言葉では語れない。どういう語り方があるのか。試行錯誤をしたうえで、自分のいまの芸術表現としてのスタイルがあるわけで、このスタイルを使えばこの宿題に答えることができるんじゃないか、というようなことが出発なんですよ。

一九七〇年というと、私が一九歳のときで、一方では大阪万博があり、一方では三島の事件があるという、けっこう振幅のある時代だったんですね。そういう時代の印象を受けながら、その後それを封印する形をとる。そのパンドラの箱をそろそろ開けるときがきた。自分にとっては、そういう意味では「決起の時」だったわけです。それで決起した。そのことによって、宿題に対する自分なりの答えを、四〇年かかって何とか出しました。

それで、二〇〇六年からそんなことをしながら、二〇世紀の時代のいろいろなものを巡ってきたんですけど、当然、輝ける人たちばかりが二〇世紀の顔じゃないだろうという、この当たり前の部分に行きつくことになるんです。

藤原さんに、何のご質問をいただいたか、よくわからなくなってきました(笑)。失礼することになるかもしれないけれども、そんななかで、一番最後の作品は、やっぱり無名の兵士だろうなと考えました。名前もない人たち、自分もその一人ですけど、そういう人間たちの営みとして何かをやる。そのときに物語……そうだ、答えの一つを思い出しました(笑)。それは、レーニンは物語ることができる。ゲバラも物語ることができる。でも、いまという時代のなかで物語るとすれば、金正日でも、高村さんでも、福田さんでも、ブッシュでも、オバマでもない。物語るとすれば、名もない何かなんです。それだったら語れるだろう。これは当たり前の話で、小説家たちはみなそういうことをやっているわけです。

私は、一九五一年生まれです。つまり、私というのは戦後の「私」なのです。私の生きてきたこと――私は国籍が日本なので――戦後の日本の歩みは、どうも、精神史的におそろしいくらい重なっているんですよ。ですから、「アメリカ」に対する複雑な愛憎とか、天皇や、マッカーサーや、自分の家や、いろいろなものが全部、私にとっての戦後のお話なんです。

その「戦後のお話」は何かと言うと、自分の生まれたところから、いまに至るまでのルーツをもう一度、自分なりに確認する仕事でもあると、頭のなかではなっているんですね。そのなかで最後の作品は、未知数のものが混じっている。だから、非常にわかりにくいけど、これをある種の心象風景としてお見せするのがいいだろうと思ってやってるんです。

今日、新幹線でこちらへ参ったときに、「《海の幸・戦場の頂上の旗》をつくったが、あれは何だったのかな」と考えていました。そして、三つの要素をもつ作品だと思い当たりました。一つは、実際に起った出来事を映し出す鏡としての表現だという点。もう一つは、自分の記憶。自分がいろいろ思い出すことを、一つの表現のなかに組み込ませる。さらにもう一つは、それらの記憶を含み込みながら、紡ぎ出していく空想、イマジネーションの世界。これら三つが合体できるのはなぜかと言うと、すべてがフィクションだからです。一つは現実そのものではなくて、現実を映し出す鏡です。記憶の世界は、いまはもうなくて、頭のなかにしか存在しない世界。そしてもちろん、新しく空想する世界もフィクションです。だから、この三つを一つのフィクション世界として統合して、作品化できるのではと、これはもうたぶん直感で考えついたのだと思います。

しかし合体させると、物語としての体《てい》を成さない。起承転結のある、散文的な物語世界にはならないのです。「なんで、こんなところへマリリン・モンローが出てくるの?」「知らんがな」みたいな感じです。説明しろと言われたらできますよ。でもこの作品は散文的な映画ではなくて、詩的なもの、詩的想像力としてそれを時間軸で見せるという映像作品なんです。一つの線で時間軸があるのではなくて、重層的にからみあう時間軸のようなものですね。

そういう形の物語の語り方、それが、自分にとっての「いま」の表現なんだろうと思います。「いま」の自分、「いま」の世界についての語り方なんです。七〇年代からずっと宿題を抱えてきて、ここに至ってやっと辿りついた「いま」の自分の表現と言いますか。「いま」という現在形の自分が、たぶんこういう形になったのでしょう。

ここにあるのは、イコンとしての顔ではなくて、例えば、ふとしたことでマリリン・モンローのイコンを装ってしまった、そんな「自分の顔」です。そういう意味では、この映像作品は、「過去物」ではなく、私にとっての「いまの私」をテーマにした「現代物」だと言ってもいいかと、だんだんそう思えてまいりました。

第六章

我らの芝居小屋は、明日も幕があくだろう——美術家との対話

× やなぎみわ

（二〇一一年二月二六日、兵庫県立美術館）

ビデオ作品《なにものかへのレクイエム（創造の劇場／動くウォーホル）》より，2010年

「死んだらいかんぜよ」

森村　〈なにものかへのレクイエム〉展では、これまでいろいろな方と対談をしてきましたが、やはり私は美術家ですので、最後は自分の領域である美術のジャンルで活躍している方にと思い、考えた末、やなぎさんに来ていただくことになりました。やなぎさんが、東京都写真美術館での展覧会をご覧になって書いてくださった「幸福な孤高へ向かって――美術作家の葛藤　演じる一人芝居」というタイトルの記事があります。抜粋して読ませていただきます。

「脚本演出自作自演の芝居小屋(これは私の展覧会、作品活動のことを芝居小屋と呼んでいるのですが)は四半世紀(私が《肖像(ゴッホ)》という作品をつくったのが一九八五年だから、ちょうど二五年になるのですね)、休演することなく次々と新しい演目で上演を続けてきた。惜しみなく観客に与えるその作品を見るたび、私たちは「森村は次はどこへ向かおうとしているのだろうか」と、不安と期待を胸に小屋を後にする。森村劇場。この小屋は私たちが守って存続させなければならない。作品には、演者の森村の前に「無人の客席」が幾度か登場するが、そこのところは心配ご無用。無人の客席の外側は、「孤高であれ」と願う立見客で、いつも満員御礼なのである」(京都新聞二〇一〇年五月一〇日)と、非常に愛ある

やなぎみわ
美術家。兵庫県生まれ。二〇〇九年ヴェネチア・ビエンナーレ日本館代表作家。作品に、若い女性が自らの半世紀後の姿を演じる写真作品〈マイグランドマザーズ〉シリーズ、年配の女性が祖母の想い出を語るビデオ作品〈グランドドーターズ〉ほか。

言葉をいただいています。

やなぎ　観客によっては、次をワクワク楽しみな方もいらっしゃるのかもしれませんけれども、私はちょっと不安になるタイプの観客かもしれないですね。森村さんとは、二〇〇八年一月に雑誌で対談したことがあって、ちょうど今回の三島由紀夫の映像作品（《烈火の季節／なにものかへのレクイエム（MISHIMA）》）をつくり終られたときでした。私はそのときに、やはり不安になっていまして、森村さんに「三島をやるんですか？」とお尋ねしました。

森村さんがセレクトして、いろいろな人を演じていかれるわけですけれど、怖いのは、森村さんが最後、森村さん自身を演じるのではないかという気がするのです。それで、そこで終るのではないかという、私の勝手な妄想の恐怖心があって。終らないでほしいんですよ。そのときは、三島由紀夫はその前段階にあるのではないかという気がしたんです。

私は、《セルフポートレイト／駒場のマリリン》（第三章扉）という森村さんの作品を購入してもっています。私はずっとこの作品を愛してきたんですが、ここにも三島由紀夫は存在している。だから、これで三島は完結していると思っていたのです。ところがなんと今回は、いきなり三島由紀夫になって自決前のスピーチを……。これはイカン、「森村さん、死んだらいかんぜよ」みたいな気持ちになってしまって（笑）。

森村　ちょっと解説させていただくと、《駒場のマリリン》は、一九九五年に東京大学の駒場にある九〇〇番講堂で撮った作品です。三島由紀夫は右翼的な思想をもっている人ですが、一九六〇年代後半に三島は、左翼的な思想の全共闘の人たちと、この九〇〇番講堂で大討論会をしました。そのあとあまり時間をおかずに、三島は一九七〇年一一月二五日の割腹自殺へとなだれ込みます。ですから、九〇〇番講堂を選択するということは、私にとっては三島由紀夫をテーマにすることを意味するわけなんですが、それをあえて真逆の、つまり日本人でかつ男である人とは真逆の、アメリカ人でかつ女である人、マリリン・モンローをもち込んだというのが、この作品です。

そこで、やなぎさんに聞きたいんです。さきほど、「死ぬなよ」という話がありました。僕に、「演説の続きの、割腹のところをやってほしかったな」なんて言う人もいます。それって「死ぬなよ」ではなく、「死なないの？」ですよね。それから、もう一つ、これもさっきおっしゃった、「森村泰昌が森村泰昌になっていく前段階として三島がある」という、この二つの不安をおっしゃってましたけれど、僕には、この二つの関係がわからへんので、そこのところをお話しいただければと。

やなぎ 「森村さんが森村さんを演じる前段階としての三島由紀夫」というのは、私の勝手な妄想に過ぎなかったということが、わかりました。

森村 なんで？

やなぎ それは、三島の《烈火の季節》のあとに、これだけの〈レクイエム〉の作品ができたから。私はあのとき、まだ《烈火の季節》しか知らなかったので、「次、何をしはるンやろうか」とすごく思ったんですよ。演説したから最後、自決するとかいうことは思ってませんけれども、三島由紀夫のあのスピーチの言葉が、あながちカリカチュアだけでは済まない、森村さんの本心がかなり投影されていて、どんどん迫っていくことがちょっと心配になったところでした。私は、熊本市現代美術館の〈美の教室、静聴せよ〉展で三島作品を見たのですが、思わずアンケートに「それを言っちゃぁおしめいよ」と書いたくらいでしたから（笑）。

なぜかゴッホ――

やなぎ　それに、三島由紀夫は、既にすごくフィクショナルな存在じゃないですか。それをさらにもう一度、森村さんがやるということの意味を、そのとき私がまだ理解できなかったのです。でも確かに、三島由紀夫をこの〈レクイエムシリーズ〉の皮切りにするのであったら、いまはけっこう理解できます。そこから先、二〇世紀の男性像というものを非常にフィクショナルな形で描いて、そのフィクショナルな部分を暴きだしているわけですね。それでやっと三島のことは、この〈レクイエム〉展で腑に落ちました。

森村　三島由紀夫はずっと、僕の作品の奥、自分の人生の裏に流れていたテーマなんです。世代的なこともあるけれども、一九七〇年には大阪万博と三島由紀夫の割腹事件、この二つの大きな〝表現〟があった。それで、三島由紀夫のほうをどう解釈するか――、比喩的に言うと、自分はその問題を食べて消化することができるのかというと、できなかったのです。それでそのまま、放っておいたまま来ました。でもそれは、ずっと自分のどこかに取り残した問題なので、忘れることができないんですね。三島由紀夫の一件は、死とかフィクションとか、いろいろな問いを含みます。真の芸術表現とは何か。あるいは、人間の生き方とか政治の問題もある。いろいろなことを孕むので、すごく気になるのです。それで解決がつかなくて、ずっと心身の奥に残留している。

三島が気になって、ということでは、僕にはアングルの《泉》をテーマにした作品が三点あって、

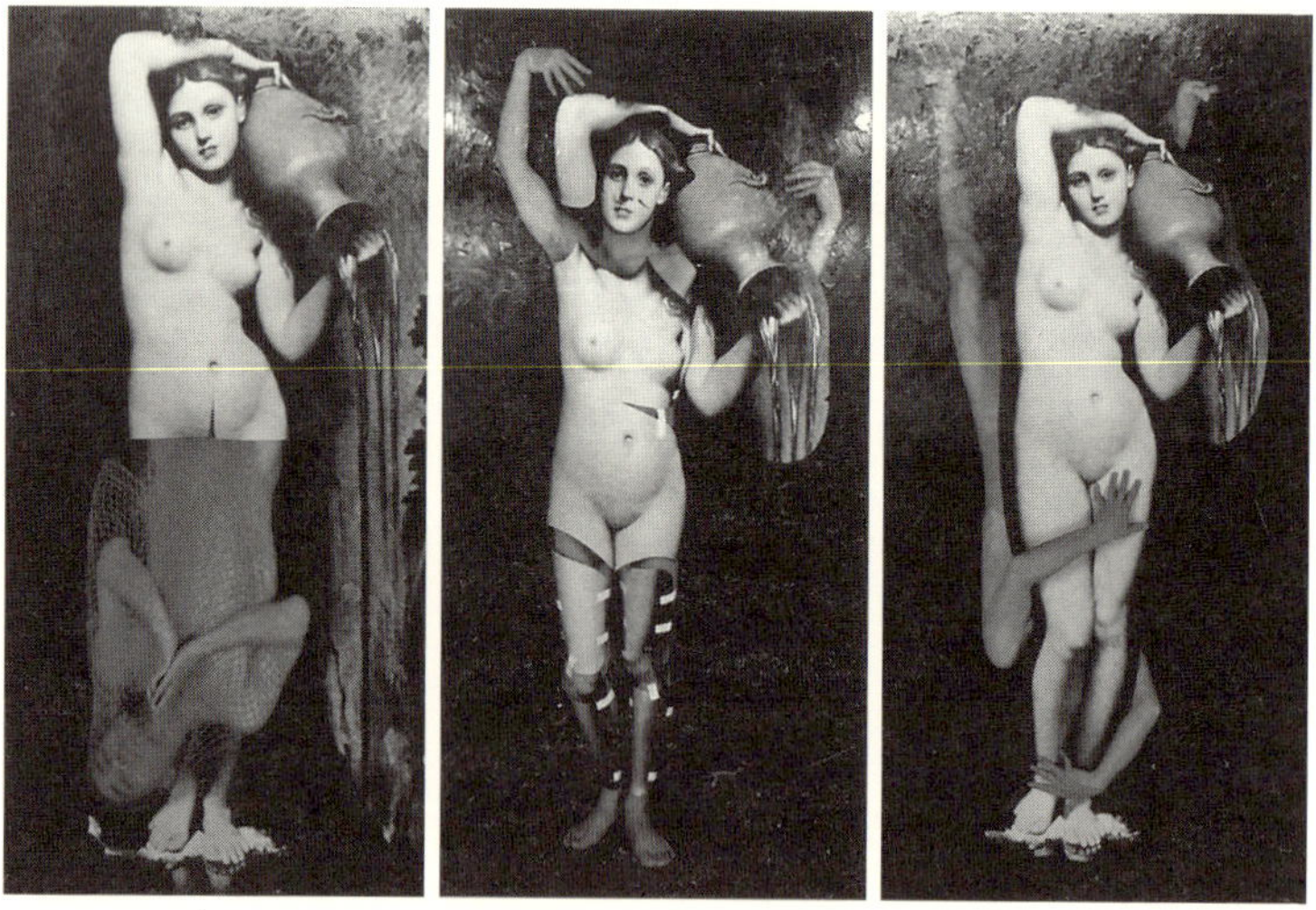

肖像(泉 1-3)、1986-1990 年

最初のタイトルは《ミ》《シ》《マ》でした。《マ》で、女性の切られたお腹から僕がはみ出している(上図左の作品)。この作品が、〝ゴッホをやった〟次の年ですね。ゴッホについては、「なぜゴッホだったんですか」という質問をよく受けるのです。

やなぎ　私はそれ、答えられます(笑)——な・ぜ・か・ゴッホ。違いますか?

森村　それ、僕の答え(笑)。作品というのはすごく不思議で、《肖像(ゴッホ)》というセルフポートレイト作品をな・ぜ・か、つくったんです。自分とゴッホを重ね合わせるという形で、ゴッホに出会う。すると、深いご縁ができてしまう。よくわからないんですよ。でも、「これや!」と思って、手がけることからつき合いが始まる。その後も、再び作品化する・しないとかにかかわらず、関係をずっと引きずっている。それで、「「な・ぜ・か・ゴッホ」だったんだけれど、なぜだろう」と、いまでもやっぱり考えてしまう。

最近、気がついたことがあって、数多くのゴッホの絵のなかでも、とりわけ、自分の作品では耳を切った自画像を選んでいる。それで、「切る」ということに、自分はずいぶん反応しているんだなと思ったのです。三島由紀夫の割腹、これが「切る」という行為として自分のなかで非常に深い「傷」になっている。つまり、「切る」感覚によって、ゴッホと三島がつながる。現実にはあり得ないのだけれど、フィクショナルにそれがあり得る。マリリン・モンローと三島が重なり得たように、ゴッホと三島は重なり得るのだということなんです。

時間というのは過去・現在・未来と一方向に続いているようだが、しかし、二〇一一年に僕は三島由紀夫をテーマとした作品を発表している。それは実は、巡りめぐって、自分が一九八五年につくったゴッホ、ここに先祖返りしているということなのではないか。そんなふうにゴッホと三島が、僕のなかで時系列を越えてつながってゆくんですね。

誰のために表現するのか

やなぎ　走馬灯のように思い出してきましたけれど、森村さんが一時期、パフォーマンスに夢中になっていらしたことがありましたよね。一九九〇年代後半ぐらいに、まっ白のドレスを着て割腹されたり、看護婦さんの格好で血みどろで倒れているような作品もありましたね。その頃、血、多かったですね。
森村　多いし、包丁を振り回してましたね。

やなぎ　私が、森村さんの作品に特に注目しはじめたのは、あの頃じゃないかと思うんです。《駒場のマリリン》を雑誌で見て、私はどうしてもほしいと思った。そのときの思い出話をしてよろしいですか。

森村　ええ、何でしょう。

やなぎ　雑誌には、モノクロの《駒場のマリリン》と、対のカラーの作品が掲載されていたんです。《駒場のマリリン》では、森村さんの向こう側にいる東大生たちが非常に退屈そうにしていまして、ほとんどが寝てはるんですね。だけれど、もう一枚のカラーの作品には、この人たちは全員いない。空っぽの講堂のなかで森村さんがひたすらスカートを押さえている。この二枚がとても印象的だったのです。さっきの記事にも「観客席が空っぽ」と書きましたけれども、森村さんには、そうした一人芝居というイメージが、いまでもずっとあるのです。

森村　非常に複雑な気持ちがあって、芸術表現をする人間は誰でもそうだと思うけれど、作品をつくったりするからには、やはり芝居小屋は満員御礼であってほしい。多くの人とコミュニケーションをとりたい。そのコミュニケーションツールとして芸術作品があっていたい、とも思うのです。

やなぎ　「芝居小屋」とおっしゃいましたが、演劇は最低、演者と客の、二人あれば成立するのです。だけど、美術において最低二人の人間が必要かどうか。ゼロ人ということは、作者はいますけれど、見た人は他にいないということですよね。それをよしとするのかどうか。

森村　やなぎさんはどうなのですか。

やなぎ　私は、よしとすることがあっていいと思いますね。これをよしとしないというのは、楽なんですけどね。「今日は誰も来ません」みたいなのはツライです。だけど、そういう表現は全部、淘汰されていいのかとなってくると、それはもちろん、演劇だって商業演劇しか残らなくなってきます。最近、行政でも、何万人入ればどうとか、経済効果が、とか言いますけれど、それと全く逆の方向として、客が一人もいない。私はそういうのはあってもいいと思います。もちろん、いろいろ大変なことが起りますし、作家自身も続けていくことが非常に難しい状態と思いますけれど。

森村　「表現する」と言うと僕らは、絵を描くとか、彫刻をつくるといったことを想像します。でも、例えば埴輪《はにわ》をつくるとか、ツタンカーメン王の黄金のマスクをつくるとか、あれが不思議に思うのは、誰のためにつくっているのだろうかという点なんです。あれを見るのは、ともに埋葬する死者だけではないのか。死んだ人のために一生懸命につくって、どこかに展示するかと言ったらしないで、死者と一緒に埋葬する。ピラミッドのなかに入れて、そこはまっ暗だけど、それでＯＫなんです。

これは、表現の理想形かな。「表現は誰のために」と言ったとき、普通は「生きている人のため」というように、限られたサークルのなかでの話になりがちです。でも、そのサークルの外側には、死者とか、これから生まれてくる人とか、いろいろあるでしょう。境界線みたいなもので囲い込みをしたなかの話にするのではなく、そういった枠組みを取っ払った状態で我々が何をするかと考えたら、「誰」というのがなくなってくるんですよね。表現とは本来はそうあるべきなのかもなと思います。

やなぎ　死者に見せるというのは、あまり知らないですが、演劇も最初は、神様に見てもらうためにやっていた。一般大衆は見ることはないものが多々あったと思うのですけれども、呪術的なもの、あの世とこの世を渡すものという起源も、美術のなかにはそもそもありました。むしろ「美術」というもの自体は時代が下がってからのもので、古来はそういうところから「ものづくり」というものがあったのかもしれないです。そう考えたら、誰も見ないというところに戻っていくという感覚も出てくる。

森村　それで言いますと、この〈レクイエム〉展をやっている自分の実感は、お祭りをやっている感覚に近いな、と思うようになりましたね。お祭りというのは、死者とかこの世ならぬものをいまに蘇《よみがえ》らせて、「その人たち」にいろいろなことを語らせる。「その人たち」は霊魂と言ってもいいかもしれない。

三島もゲバラも、レーニンもそうですが、皆、ある種浮かばれなかった人たちなのです。悪さもしたし、〝畳の上で死ねなかった〟人間たち。そういう霊を、再びこの世に引き戻してくるためには、肉体が必要です。そういう肉体を経る手続きが、自分にとってのセルフポートレイトになる。

やなぎ　依《よ》り代《しろ》があって、そこに来る感じですよね。お能や狂言もそうですよね。

森村　現実のこの世の中に死者が現れるためには、仮の肉体をもつ必要がある。でないと、活き活きしないんですよ。活き活きさせるための肉体の役を自分は引き受けている。だから、展覧会は一種のお祭りです。お祭りだから、確かに人はたくさん来て賑わったほうがいいな、このレクイエム祭り(笑)。

写真と演劇、ブラックボックスのメディア

やなぎ　死者を呼ぶという話で言いますと、お能でも歌舞伎でも、現代演劇でも、人間が身体を媒

体としてやる見せ物とは、要するに演劇、芝居ですよね。そういうものによって死者は活き活きと蘇るわけじゃないですか。私は写真も、似たような効果があるのではないかと思うんです。

ロラン・バルトを読んでいたら、写真が芸術に近くなることがあるとしたら、それは絵画に近づいて近くなるのではなく、演劇を通して近くなる、といったことが書いてあるのですね。「ここからは私だけの意見です」とわざわざ断って、「死者を通して演劇と写真が近い」と。死者を演じる芝居や、死者を祀《まつ》る舞踊、それはもう何千年も昔から人間がやっていることなのですよね。

写真はたかだか一五〇年ぐらいしか歴史がないですが、写真も確かにそういう、死者を活き活きさせる一つのメディアである。だから皆、一生懸命に活き活きとしたように写真を撮ろうとするのは、そう思わずに撮ると、写真の被写体は全部、死体になってしまうから。確かにそれはそうかもしれない。そして、森村さんの〈レクイエム〉展は、まさにそれを体現している展覧会なのではないかと思うのです。それに森村さんは、演劇性というものと写真というものを、二重で表現なさっているわけなんですよね。

森村　やなぎさんは写真をやってらっしゃるでしょう？　それから、いちばん新しい作品の「おばあちゃんメイドカフェ」（おばあさんのメイドが給仕・料理のパフォーマンスをする《カフェ・ロッテンマイヤー》）のなかで劇をやってらっしゃるけれど、こちらは正真正銘の演劇世界ですね。加えてもう一つ、動く映像の作品もありますね。この三つの関係というのは、どういう具合に連なっているんですか。

やなぎ　私がなぜ芝居をやろうとしているかというと、写真のなかにあるドラマ性というものを、もうちょっとちゃんと見たいというのがありましてね。だから、ちゃんとした生身が出演するドラマというものを、一回やらないと駄目だと、自分に課しているところもあるのですが、正直言って、動く映像（ムービー）は、私にとってそんなに身体化しなかったかもしれないです。どちらかと言ったら、写真と演劇という一見、非常に離れている対極のものを、もうちょっと両方照射させてみないと、自分のなかで落ちがつかないという、過渡期の状態ではありますね。

森村　僕の場合、セルフポートレイトであるというのが、やなぎさんの作品と決定的に違うところかな。もちろん、何らかの形で自分を反映するということは、やなぎさんの作品にもあるとは思いますが、森村作品は本人がそのまま登場しているところがずいぶんと特徴的だと思うんですね。

興味深いのは、やなぎさんの考え方はいい意味で、とても古風なあり方をしているなと思える点ですね。作品のつくり方一つをとってもそうなんですが、古風に四角く区切られた世界が好みなのかなと……。写真はもちろん、「おばあちゃんメイドカフェ」の演劇でも、ある種のフレームがあって、そのなかでいろいろなことが起っているのを、観客がフレーム内を覗き込むようにして鑑賞する。拝見して、そんな古風な額縁感覚を味わいました。

やなぎ　そうですね。わりと密室指向なのかもしれないですね。

森村　それを言い換えるなら、写真も演劇も、〝鏡〟だということではないでしょうか。鏡のなかの世界というのは、凍《こお》った世界です。写真は、瞬間をとらえて凝結させる。生きたものが、瞬間凍結され、そのまま冷凍保存される。演劇の場合は、俳優たちが生き、そして動いているんだけれど、やはりフレームのなかでの出来事なんですね。優れた演劇は凍結感を感じさせるものとしてあるんじゃないかな。

やなぎ　考えてみたら、確かに演劇も写真も、両方ともオブスキュラ(obscura)、つまり、暗箱のなかにあるんですよね。演劇の人は、「ブラックボックス」っておっしゃるんですが、劇場という箱です。もちろん野外劇とかもありますけれども、基本的には暗い箱のなかでやります。また、暗い箱から出てくるのが写真です。そう考えたら、どれも、「閉じ込める」ということですよね。

活人画の臨場感

森村　今回の〈レクイエムシリーズ〉でテーマにしているのは、二〇世紀のいろいろな出来事を映し出した写真群なんです。それらは皆、もともとは瞬間凍結した〝写真力〟、つまり、生きているのだけれど死んでいる、みたいなところが魅力であった写真群なんです。さもそれは生きているかのような、そういうものとして「あったもの」です。例えば、浅沼稲次郎委員長が暗殺される、その瞬間が凍結しているといった具合に。

ところがその写真が、そういう出来事の絵図としてのみ語られていくうちに、「イメージ」が、言わば情報化してしまいます。ある出来事を情報として説明する道具になってしまう。「イメージ」というものが、瞬間凍結した写真力の源であるとすれば、それが情報化することで、活き活きした迫り方が、たぶん失われていくんです。これをもう一度、活き活きしたものに甦らせたいんです。

やなぎ　文字通り「活人画」。

森村　うん、カツを入れる。そのためには生身の、生きている自分が関与しないといけなくなるんですよ。生きている僕がゲバラをやる、つまり、それは「森村っちゅう人がやっとぉる」。この「やっとぉる」という感覚が、臨場感となる。

ところが最近、問題が出てきました。時代の変化とともに、表現メディアも変っていくわけですね。例えば一九八五年の話ですけど、僕が〝ゴッホをやった〟ときには、パソコンもデジタルカメラもまったく一般的ではなかった。あの頃、「写真に撮る」のは一発勝負でした。写真に撮ったあとで加工するなんていうことは、まずできない。一発勝負で撮らなければいけないというレアな、生々しいものとして写真はあった。セルフポートレイトというのは、この「写真のレア感」に託されるというところがあって、そこが僕にとっての面白さだったんですが、次第に誰もが簡単に写真を加工修整できるようになってきた。さきほど「情報」という言葉を使いましたけれど、言い換えれば、「イメージ」がデータ化したんだと思うんです。

かつて写真は、文字通り「真を写す」ものでした。夕焼けを撮るときには、夕暮れが訪れるのを待ち続け、太陽が沈む瞬間に「シャッターチャンスやで！」とシャッターを切って、「よっしゃ！」と瞬間凍結させて、皆、得々としていたわけです。いまはそんなことしなくても、極端に言えば、適当に撮っておくだけでも、あとで選んだり加工したりして、誰もが素晴らしい夕陽の写真がつくれるようになりました。

そんなふうになってきたら、「あれ、ホンマに森村さん、やってンねんや」という感覚は、「えぇ？ホンマにやってンのん？」という感覚にすり変ってくるんですよ。――僕、いまフッと思い出した。最初にやなぎさんと出会ったのは、僕が『東京物語』の原節子を演じるというとき、どこかいい場所はないだろうかと探していて、さるギャラリーの方が、「やなぎさんとこのアパートがいい」と紹介してくださった。それで見に行って、「ここや！」と思って、《ハラ・セツコとしての私》ができたんです。

やなぎ　築四〇年かのすごい古い文化アパートだったんです。私がお貸ししたのは、玄関先の台所だったはずなんですけど、いつの間にか森村さんは奥の部屋まで入って……(笑)。森村さんの撮影をすごく見たかったんですけど、仕事があったものだから、鍵をお渡しして「自由に使ってください」と。それで、完成作品を横浜美術館に見に行ったら、畳六畳分ぐらいの大きさの作品になっていて(笑)。

セルフポートレイト(女優)／ハラ・セツコとしての私、1996年

パフォーマンスの道理性 ——

森村　僕の撮影を、「ものすごく見たかったけれども見られなかった」とおっしゃいましたね。やなぎさんは、僕の作品をずっと写真で見てる。

だけど、写真じゃなくて、本物――つまりやってるところを見たかった？

やなぎ うん。活人画を見たかった。

森村 そう。で、僕がメイクとかしてたら、やなぎさんが、「毛穴まで見るのか？」という感じでマジマジ見てはったのを、すごく印象深く覚えているんですよ。そのときは、正直に言いますけど、とっても不愉快だったんです。自分が化けるということをやっている舞台裏なんですから。アフターに対してビフォアの部分を見たいという人が出てきて、「なんだ、こいつ」と思ってたんですけど、のちのち、そうか、やっぱり人というのは、レアなものに対して非常に手ごたえを感じるんだ、と思うようになったんです。

さらに、気がついたことがあって、それは、自分が何かポーズをして写真を撮っている、それを何人かの人に手伝ってもらってやってるんですが、既に、そこにいる人たちは観客で、その観客の前で自分は何かやってるじゃないか――。まさに、撮影現場というのは、もう既にそのままで芝居小屋になっているんですよ。

それを特に強く感じたのは、大阪の通天閣のまえで、ブリジッド・バルドーとしての「私」がハーレー・ダビッドソンに乗るというシーンを撮ったときに、背景を無人にしたいので一瞬、人も車も止めたんです。「新世界」という繁華街ですからものすごい人で、気がつくと、群衆が垣根をつくって見ている。そのときに、「あ、これ芝居の世界やン！」と思って、このことは先ほどの、やなぎさんが気に入ってくれた《駒場のマリリン》と同じ感覚なんですね。

やなぎ 駒場の学生たちは、パフォーマンスをやると知ってて来たんですか？

森村　知らん（笑）。

やなぎ　知らなかったら、これ、かなり衝撃ですよね。

森村　でね、さっき「学生たちは退屈していた」とおっしゃったけど、退屈したら皆、出て行きます。ですから、退屈させないようにしないといけないんです。

やなぎ　でも、そうとう寝てる人がいます（笑）。

森村　これは寝ているんじゃなくて、人は困ると頬杖をつく。

やなぎ　目の前で起っている現実を受け付けられないわけですね？

森村　うん。この人たちはさまざまな学部から、一般教養で授業を受けに来ていて、身体論を教える先生が、「今日は、ちょっと皆に見てもらいたいものがある」と……（笑）。それが、実はその先生の第一回目の授業だったんです。学生さんたちは「しょうもない授業だったら出て行こうか」と思っていたら、こんなパフォーマンスが始まってしまって、出るに出られない状況になった。それで僕は発見したんですけど、皆、困ると眠ったふりをする。

やなぎ　目をそらしてる人と、あと無表情ですよね。せめて笑っていたらいいんだけど。

森村　だから、すごく申し訳なかったです。きっと皆、東大を卒業して、いまごろはそれなりの人物になっていると思うんです。この作品には観客が写っているから、カメラが皆を見ていることになる。学生さんたちは、パフォーマンスというよりも、撮影現場にたまたま出くわした人々でもあるわけです。でも見たくない。

やなぎ　ものすごい視線の交錯ですよね。

森村　駒場での撮影、新世界での撮影、やなぎさんのかつて住んでおられたアパートでの撮影、そういった体験から、撮影現場が芝居小屋の要素を孕むのだと実感するようになりました。それで、いままでは撮影現場を見せるのは嫌だったのに、むしろその現場をパフォーマンスとして見せようという流れが出てきました。これが、自分の生身的なものの維持保存の仕方の一つでした。

もう一つ、今回の展示ではビデオ映像も使ってるんですけど、これは、フリーズした写真をジワーッと溶かす感覚なんですね。たとえて言うなら、瞬間凍結した食品が、お湯をかけるとまたおいしく食べられるという感覚に近い。

つまり、写真というものは、瞬間撮りの切実感のなかで目が血走っていたりする、そういうものがリアルな感じで見えるものだった。ところが、イメージがデータ化して、いかようにも加工されていく時代のなかで、セルフポートレイトの危機が出てきた。危機とは何かと言うと、セルフポートレイトで重要なのは、やなぎさんが言った「生身で見たい」という、これだと思うんですよ。演劇の面白さもそうかもしれないけど。

この「生身で見たい」という「生身感」はどうやったら出せるかと言うと、やっぱりデータ化されないイメージ加工が不可能な表現のあり方だと思うんです。その一つとしてパフォーマンス的なものがあり、そしてもう一つが「写真が動く」という感覚でしょうか。写真のピカソが実際には動くはずないし、ダリも動かない。アンディ・ウォーホルに扮した僕のセルフポートレイト写真（本章扉）も動くはずはないんだけど、それが動いたら、皆は「あ、ホンマに森村さん、やってはるわ」となる。ポーズしている人間が写真と化す前、つまり凍結するビフォアの世界で動いていたのと同様に、アフターでも動く。つまり、ビフォアで動いていたものが、アフターで凍結される、その凍結されたものをもう一度溶かすことで、アフターのアフターでまた動く。その動くことによって、実際にビフォアな状態であったものに、違った形で戻る、というなかで、リアルなもの、つまり「活き活きするもの」を蘇らせる。そんなわけで僕の場合は、パフォーマンスと、写真と、ビデオ映像の作品とは、わかちがたいつながりになっていると思いますね。

やなぎ　私も、そうなんですけどね。けっこうややこしい手段ですよね。すごく手をかけて完成させたものに、もう一回お湯をかける。それによってまた、リアリティを変化させるということですよね。それはたぶん、できる人とできない人がいると思うし、森村さんはずっとそれを続けてこられた方なんです。私も、その手法はすごく好きだと思うんですよ。

不老不死の時代における瞬間芸

やなぎ　インターネット以降、表現が変化したというのもあるんですけれども、そういう固まった、完成したものをつくらずに、初めから粘土をこねてる状態をずっと人に見せているというようなものが増えているし、また、そういうものが面白いと言われてますよね。だから、確かに私自身は古風な部分があるのかもしれないと思います。

森村　粘土をずっとこね続けているのは、古風じゃないということ?

やなぎ　例えば、私は若い人の表現を見たりしているんですけれども、即興みたいなものが、いますごく多いんですよね。パフォーマンスでも、「夕べ考えてきたんですけど」という口上があって

(笑)、やり始めたパフォーマンスはどうも、本当に夕べ考えたみたいな内容で、謙遜じゃなかった、みたいな(笑)。でも、何か面白い。それで、別に始まりもなければ、終りもない。写真でも「ご近所写真」とか言われて、絵画でも、「描きかけなのか?」みたいなものもよくあるじゃないですか。

森村　練って練って壊して、また練って、というようなかたちで構築していくものではなくて、「夕べ考えたんですけど」っていう瞬間芸の発想、それは、僕の言葉で言わせていただくならば、現代——二一世紀——そのものです。二一世紀は、不死の時代なんです。今日は、死んだ話ばかりしましたけど、いまは、「死」というものがない時代に突入してきているなと、最近思うようになりました。

例えば、電子書籍というものが出ましたね。電子書籍は古びないものです。いつまでも真新しい書籍で、メディアを変えることでいくらでも長持ちをする。つまり死をもたない書籍です。

私がもっている本で、幼稚園のときに読んでいた『魚貝図鑑』があるんですけど、その本は自分にとっての絵心の始まりで、その図鑑のなかにある深海魚の絵を描いて、壁に貼って眺めるというような独り遊びに興じていた幼少期でした。誰かに見せるためにやってたわけではなかった。表現の純粋衝動がありましたね。

長谷川眞理子さんという生物学者も、僕のと同じ『魚貝図鑑』を愛読なさっていたらしい。僕はタコを描いたり、ナマコを描いたり、マダイを描いたりして、絵を並べていた。「並べる」という行為には、二つの選択肢があったはずなんですよ。一つは水族館、一つは作品展。僕が長谷川さんのような生物学者になっていたとしたら、あの並べる行為は一人「水族館」だったんだということになる。

でも僕は美術家になりました。だから、あれは一人「展覧会」だったんですね。

その本がいまはボロボロになっていたりする。それを見ていると「ああ、本って年をとるな、人間に近いな」と思う。表紙は顔で、それを開けるといろんな豊かさがある。それが体だ。顔と体をもったものであり、年代とともに古びていくものでもある。古びていくけれども、一たび開ければそこには、昔熱中したという新鮮な記憶が宿っている。その重みとして書籍というものはある。そしてやがてその本は滅びていく。つまり、ここには死があるわけです。だけど、電子書籍にはそれはない。いい悪いを言ってるんじゃないですよ。

それからもう一つ、アニメを例にとりますと、僕が〈女優シリーズ〉でテーマにした女優とアニメとの違いは、前者は年を取るが、後者は年を取らないということ。つまり、女優はいつまでも一〇代であることはできないんですね。それでどうするかというと、これも二つの選択がある。一つは、原節子さんのように、華のある最高のときに姿を見せなくなる方法。もう一つはまったく逆に、森光子さんのように九〇歳近くになっても、観客には、まるで十代の人であるかのように感じさせる、そういう演技力を磨く方法。しかし、いずれにしてもお二人とも、女優という生き方には命を賭けていますよね。

でも、アニメキャラクターは、七歳の子は永遠に七歳でいられる。つまり、アイドルはアニメ化することによって不老不死となりえます。というふうに考えると、二一世紀の一部始終は、不老不死を目指しているんじゃないかと思えてくるんですね。今後はさらに、臓器なども、他人の臓器の提供を待たなくても、人工的に作られた真新しい臓器と取り替えられるようになるかもしれないし、顔だって自在に変えることができるようになるかもしれない。ずっとアンチエイジングでいられる。

つまり、二一世紀は不老不死の時代なんです。死というものがないとすれば、ビフォア・アフター、過去・現在・未来という時間感覚も変化してくるに違いない。やがて訪れる死があるから時間というものがあるわけだけど、それがないとしたら人生は極めて平板なものになり、そこに瞬間芸というものがリアリティをもって、その時代のなかで現れてくることになる。

デカダンスのあり方

やなぎ　確かに一つ思うのは、人間の表現において、頽廃の仕方というのが変ってくるんじゃないかと思います。頽廃、もしくは発酵——、腐るとかデカダンスですね。頽廃しない可能性も出てくる。おそらく、私が見た若い人たちのパフォーマンスやテイキングは、若いから頽廃していない、青いんだということとは、ちょっとまた違う気がするんですよね。
不死という、つまり死がどこまでも隠蔽された世界において、時間が分断されて止まってしまっている。そういうところにおいて、それがどういうふうに煮詰まって、だんだん腐臭を放ち始めて、またいい感じに溶解していったりするのか。そういう変化というものはこれから変るかもしれない。女優さんが年をとって、九〇代でも一〇代を演じる、その精神力ですごくいい味を見せるように、そういった表現が、美術においてもどういうふうに変るのかな、ということを思いますね。
森村　表現のあり方がどう変化していくのかわからないけれど、確実に感受性が変っていきつつあるなという実感はありますね。感受性が変れば、表現のあり方も変るのでしょう。

やなぎ　でも、作家は年とっていきますかね？　作品とともに。

森村　どうでしょうか。いまの若い作家も年をとれば、作品スタイルも老成していくのか、それとも瞬間芸のまま続けられるのか。いずれにしても、その人が生きている時代が与えた感受性と無関係でいられる人はいないでしょう。昨今の殺人や虐待事件も、かつてあった善悪のモラルという文脈ではとらえきれませんよね。死ぬことと生きていることの葛藤が希薄化してきているなかで起った事件のように思えます。そういう感受性の時代なんじゃないでしょうか。

やなぎさん、「頽廃」という言い方をなさっていましたが、僕もそれ、好きな言葉です。古風な言葉だなあ。生と死、善と悪とかの差異がある世界が前提で、じわーっと善悪もろとも崩れゆくという感覚ですね。いまは違う世界です。生死、善悪などの差異が無効なフラットベースの上で、すべての出来事が瞬時に明滅しているような感覚です。そういう感受性の時代だからこそ、やなぎさんの言う瞬間芸のような表現もリアリティをもってくる。

コンピュータに溜まり込む情報（＝記憶）も、特権的などこかに集中的に溜まり込むのではなく、ネットで結ばれた世界全体に広がっていきます。情報のヒエラルキーは、ＩＴ世界で一気に平板化しましたね。こうして世界が等価値でつながっていくのはいいのですが、何か不具合が勃発した途端、人類の記憶の蓄積が瞬時にして消失するというような事態もじゅうぶん想定できるんです。

二〇世紀的な観点からですと、すべては徐々に滅び逝く。死は緩慢にやってくる。その死の緩慢化が、イコール、生きていくことだった。そういう生と死の緩慢なせめぎあいと、「頽廃の美学」は無関係ではないわけで、ちょっとした手違いですべてが一瞬に失せるような、無限とゼロが背中あわせになっているような時代には、「頽廃の美学」なんてありえないのではないでしょうか。むしろ、瞬間に賭け、瞬間に終了するようなありかたが、表現世界の趨勢になるのかもしれない。そんなふうになってきたら、やなぎさんや僕は、古風なおばあちゃんとおじいちゃんに……(笑)。

やなぎ　「あんなンしてはった人が、いはったンやね」と。

森村　「頽廃なんか言うてはったじいちゃんが……」(笑)。そろそろ時間がきました。ありがとうございました。

第七章 レクイエム、それから——二〇一一年三月一一日との対話

×高橋源一郎

（二〇一一年四月一一日、東京銀座・BLDギャラリー）

《なにものかへのレクイエム（独裁者はどこにいる1）》2007年

高橋源一郎（たかはし・げんいちろう）
小説家。一九五一年広島県生まれ。明治学院大学教授。一九八一年『さようなら、ギャングたち』により群像新人長編小説賞優秀作受賞。著書に『優雅で感傷的な日本野球』『日本文学盛衰史』『ニッポンの小説』ほか。

「エロ・グロ・テロ」の共通感覚

高橋　森村さんは美術の方ですが、実は以前から、考え方がとても近いのではないかという気がしていました。森村さんも僕の書いてるものは嫌いではないだろうと、なんとなく思っていて（笑）、今回対談をするというので、森村さんの作品集や著作をあらためて読んで、やっぱりいいなあと思いました。ひとつ驚いたのは、森村さんも僕も一九五一年生まれだということ。ただ学年は森村さんのほうがひとつ下ですよね。いずれにしても、これまでは森村さんの仕事を遠くから見ているだけでした。ところが二〇〇六年から始まった〈なにものかへのレクイエム〉を見て、びっくりしたんです。毛沢東やチェ・ゲバラなど、森村さんが二〇世紀の政治家、革命家などに扮した写真作品のシリーズで、浅沼稲次郎襲撃場面（九頁）にはシビれました。歴史的に有名な刺殺シーンの再現ですが、あの通り眼鏡が飛んで、写真がブレてるんですから。

美術は普通、政治から遠いものだと考えられています。政治と美術を一緒にやるのは難しい、と言ってもいい。なぜなら、政治は言葉だから。一方文学はまさに言葉そのものなので、政治になりやすい。だから基本的に、美術と文学は遠いものだったんです。ところが〈なにものかへのレクイエム〉

を見て、言葉なしでも政治的にやれるのか、こりゃすごい！　という驚きがありました。

実は、書きかけで止まっていた小説を昨日から再開したんですが——ホントですよ、二ヵ月で書き上げると出版社に約束してるんですけど——、タイトルは『メイキング・オブ・同時多発エロ』というんです（笑）。九・一一をテーマにした小説ですが、三・一一が起こってしまった後では、懐かしい感じもしますね。それは、九・一一の事件を見てショックを受けたアダルトビデオの監督の話なんです。その監督が会社の社長から「よし、九・一一でアダルトビデオを作れ」と言われるんですが、政治のことなんかわからない。それで、マルクスもレーニンも読んだことのない男の子が独学で政治を勉強して、非常に過激なアダルトビデオを作る、というものです。

八年くらい前に書き始めたんですが、うまくいかずずっと放っていました。それがなんとなく書けそうになってきたので、再開しようと思っていた矢先に森村さんの作品を見て、「これだよ！」って。

そもそもアダルトビデオと九・一一は結びつかないし、ただでさえそんな小説が出たら顰蹙《ひんしゅく》なのに、三・一一以降のこの究極の自粛ムードのなかで再開したわけです。それが本になったとしたら、どういう装幀だろうということは、あまり思い浮かびませんでした。でも、〈なにものかへのレクイエム〉で三島由紀夫やレーニンが甦ったり、毛沢東が若返ったりしているのを見て、なかなか微妙なんですけど、森村さんは僕と同じようなことを考えていらっしゃるんじゃないかなと思ったのが、二、三年前です。

美術家に作品の意図なんか訊くのは野暮で、僕も訊かれると「知らん」と答えるのが常なんですが、せっかくなので（笑）——、森村作品には、これまで直接的に政治と結びついたものはありませんでしたよね。森村さんが絵画や女優に「なる」。今回の作品については、誰かが「森村さんがついにオトコになる」と書いていましたが（笑）、オトコ化と政治化が同時に起こったのは、還暦を前になにか思うところがあったんでしょうか？

森村　いや、すっかり聞き惚れてました（笑）。九・一一とアダルトビデオ、いいですねえ。

高橋　いいでしょ。

森村　さっき控え室で、高橋さんが「いまやろうとしているのは、エロ・グロ・テロの三部作」とおっしゃっていましたが、その装幀に僕の作品を……使います？

高橋　ぜひ使わせていただきたいです。

森村　いいですね。今日はもう、これで終わりでもいいな（笑）。

高橋　ちなみに一作目はいま言った『メイキング・オブ・同時多発エロ』、二作目は『テロほど素敵な商売はない』、三作目のグロだけまだ決まっていません。

森村　それ、三つともやらせてもらっていいんですか？

高橋　いや、こちらこそお願いします。

森村　質問を投げかけられましたが、高橋さんはもう、答えを言ってますよね。「エロ・グロ・テロ」なんです。逆に「ああそうだったんだ」といま発見しました。テロかな、と思ってたんです。

高橋　テロですよ。

森村　そしてエロなんですね。「エロ・グロ・テロ」、ぴったりです。今回、ギャラリーで対談をすることになった時、誰とやりますかとギャラリーの方から訊かれて、割とすっと、高橋源一郎さんはどうでしょうと言ったんです。自分でもなんでかなと思っていました。さっき高橋さんが、森村も自分の作品が好きではないかとおっしゃっていましたけど、僕は高橋さんの作品を、正直なところ一冊も読んだことがなかったんです(笑)。

学生の頃まではすごく本を読んでいたんですが、作品を作り出してからほとんど読まなくなってしまいました。それでも一九八八年頃かな、僕より十歳くらい若い知人に「いま何か面白い本ない?」と訊いたら、高橋さんの名前が挙がったんです。もう一人は島田雅彦さんだったかな。その時に読んだのが『さようなら、ギャングたち』(講談社文芸文庫)だったと思います。それとあと一冊くらい。だから「一冊も読んでない」は大げさですが、熱心な読者ではなかったし、『さようなら、ギャングたち』も読んで面白いとは思ったけど、全然わからなかったというのが正直なところです。それが今回、やっぱり高橋源一郎じゃないと困ると思ったんです。思ったけど、読んでない(笑)! それで、こらあかんと思って、いろいろ読みました。あんまり言うとお世辞になるからよくないんだけど、ものすごく面白かったですね。

高橋 ありがとうございます。

森村 ああ、やっぱり好きだったんだ、って。なんで高橋源一郎なんだろうという疑問はずっとあったんですが、さっき高橋さんが「エロ・グロ・テロ」だと答えを言ってしまった時、ああそうだったんだと思いました。時代的にも同じところにいたし、高橋さんと僕の間にある種の共通認識、共通感覚のようなものが、たぶんある。その一方で、対極的なところもあるはずなんですが。

遅れてきた少年たち

森村　中学三年生の時ですが、生意気な同級生がいたんです。当時絵を描くというと、僕らは水彩で描くのに、その子は油絵で描いてくる。その油絵の具の匂いが、ものすごく大人びた、自分の知らない大人の匂いだと感じて、イカれてしまったんです。それで高校に入ったら絵をやりたいと、非常に無邪気な理由で、高校に入ると美術クラブの門を叩きました。当時の自分はそういう非常に内気でおぼこい人間として、詰襟の制服を着て、丸刈りで学校に通っていた。ところが高校というところはいろいろな中学から生徒が集まってきますから、なかにはものすごく生意気な子もいます。そういう生徒は高校一年生の時、既に赤い手帳をピラピラさせている。

高橋　あ、『毛沢東語録』?

森村　そうなんです。もうひとつが岩波文庫の白い帯、『共産党宣言』です。赤と白。これをピラピラさせて、なにか言ったりするわけです。しかもその人たちはもう、髪が生えている(笑)。僕の高校は「自由と創造」がスローガンでしたから、丸刈りでなくてもいいし、服装も自由でした。僕は最初、丸刈りに詰襟でしたけど、彼らは私服で、赤と白をピラピラさせてる。だから、その頃から僕にとって、政治と言葉はダイレクトに結びつくものだったんです。

もちろん僕だって、中学生以前に言葉をしゃべってはいました。ところが高校ではみんな、それとは違う言葉でしゃべっている。こらいかんと思って、高校二年生の夏休みが終わった頃からいろんな本を、さっぱりわからないまま読むようになりました。それでも僕はまったくしゃべれない人間で、彼らは先生たちとも対等になにかを論じあったりしている。文芸クラブ主催の読書会という、みんなで同じ本を読んできて論じ合う催しがあったので、よしそれに行こうと、アルベール・カミュの『異邦人』を読んで行ったのですが、みんなが論じあっていることに全然ついていけないんです。それで、ある種の失語症になったんですね。そこにあった言葉はとても暴力的な、人をやり込めるもので、やり込められた人間は黙るしかない、という気分がずっとありました。

高橋　同窓会で勝手に盛り上がってるみたいな感じなので(笑)、若干説明すると、一九六〇年代後半は、どうやって文学や美術、政治に触れるか、どういう体験をするかということについて、だいたい基本的なパターンが決まっていたんです。まず何人かの非常に先駆的な生徒がいます。さっき森村さんが言った「岩波の白」を持ってるとか、小林秀雄訳の『ランボオ詩集』を持ってるとか、定番がいくつかあって、それを中学二年くらいで読んでいる。ここが大事なところです。周りのやつらが夏目漱石の『こころ』を読んでる時に、いきなりランボーですからね。

森村　僕なんかヘッセの『車輪の下』ですよ。

高橋　そうでしたか(笑)。そういう先駆的な生徒がランボーと同時にマルクスも読んじゃう。時代の雰囲気として、みんな先生の言うことは聞かないけど、すごく本を読んでる同級生や上級生は信用する。ランボー読んでるやつがマルクス読んでるんだったら、マルクスもすごいだろう、って。わかります？　この感じ。政治的なものがすごく流行っていた現象の根本には、マルクスやレーニンを読んでいた人が漏れなくランボーを読んでいたという理由があるんです。どちらが裏か表かわかりません。ランボーは扇動者ですから、互いによく似ているんです。ランボーとマルクスとレーニンを交互に読んでもまったく違和感がない(笑)。その頃やはり僕らがよく見ていたゴダールの映画は、まさにランボーとレーニンを同時に映画のなかに引用しました。そういう雰囲気だったというのが、大前提です。

ところが、僕や森村さんは遅れてきた少年だった。遅れて来ると恥ずかしいから、一所懸命背伸びをして勉強するんです。みんなの前では「ランボー？　知ってるよ」と言っておいて、家に帰ってから必死で読む。音楽やってる子も、美術やってる子も、イケてる子はランボーやレーニンを読んでいる。音楽だけ美術だけという子もいるにはいたけど少数派で、全部やってる子がカッコいい、しかも女の子にモテる、という図式があったんです。すごく大雑把に言うと、流行の先頭を行ってるのが、全部読んでいる人。僕や森村さんは遅れてきたから一所懸命勉強するんだけど、先を行ってる人は、ぼくらがマルクスを読んでる頃にはトロツキーを読んでるし、こっちがトロツキーを読み始めると毛沢東を読んでいる。どんどん先へ行ってしまうんです。

ここで面白いのは、彼らのように進んでる人はたくさんいたし、彼らについていく人もたくさんいたし、我々のように頑張ってあとから追いかけてる人もたくさんいた。でもみんな、途中で一斉にいなくなってしまうんです。一九六〇年代後半の学生運動は、一九七二年の連合赤軍事件で終わる。これを話すと長くなるので端折《はしょ》りますが、日本ではその時点で、政治運動がほぼすべてなくなってしまったんです。

それと同時に、政治的な言葉を使っていた人たちも、政治なんかやっても辛いだけ、バカみたい——と言っていなくなる。まあ、遅れてきた人たちもだいたいはやめてるんですが、僕や森村さんは宿題で残っちゃった、という感じですよね。一所懸命政治の言葉と文学の言葉を勉強して、「先輩、ここまでやりました」と言おうとしたら、先輩が全員いなくなっていた。普通はそこでやめるんですが、僕らはバカなので（笑）、せっかく始めたんだし、もう少しやってみるか、って。それは別に、政治的な言葉を使い続けるという意味ではありません。

僕が小説を書きだしたのは一九八〇年だから、大学闘争の一九六八年から一二年後。森村さんがゴッホになったのは一九八五年だから一七年後です。それまで、ああでもないこうでもないと、ずっとやっていたんです。皆さんご存知のように、一九八九年にはベルリンの壁が崩壊し、九一年にソ連が解体され、いわゆるマルクス主義陣営は消滅します。学生運動はそのさらに十年くらい前に消え失せていて、現在ではほとんど存在しません。だから政治的な言葉はもう、三十年くらい前から時代錯誤だと思われてきたのに、僕らは時代の枠組みとは全然違う方向で考えていて、四十年くらい経ってからやっと宿題を提出しようかということになってきた。この遅いところがいい（笑）。

森村　僕の場合は、やっと宿題に取りかかる準備ができたのかなという感覚です。高橋さんは僕らを「遅れてきた」少年と言いましたが、高橋さんは「遅れてきた早熟な少年」で、僕は「遅れてきたおぼこい少年」だったと思うんです。

政治の言葉、というか、政治＝言葉ということなんですが、僕は政治＝言葉に痛めつけられ、その時言葉を発せなかったという体験をしています。「お前も何か言え」「何かを選択しろ」「どっちにつくんだ」という詰問に対して、何も言えなかった。それが宿題として残った。たぶんその問いに、直接答えるやり方では太刀打ちできんな、それでは自分の宿題は解けないなという思いはずっとありました。じゃあ、どういうふうにして答えればいいか、自分なりの解き方ができるのかと考えていった時、言葉ではないだろうと――なんかだんだん高橋さんにしゃべらせられているような気がしてきましたけど――、それが、今回の〈なにものかへのレクイエム〉になったんだと思います。

政治の言葉から離れるために

高橋　僕も、政治はなくなったと感じていたし、だから政治的なことはしゃべらなかったんですが、ここ数年しゃべれるような気がしてきていました。そこへ三月一一日の大震災があった。それから三週間が経ちましたが、いまの状況はかつてないくらい政治的です。

森村　とてもよくわかります。

高橋　この震災には二つの要素があります。一つは地震と津波、一つは原発事故。地震と津波は天災ですから、起こった時点が最悪で、あとは状況が改善されていきます。発生と同時に「終戦」なんです。ところが原発事故はそこから「開戦」で、だんだん状況が悪くなっていく。僕はツイッターをやっているんですが、三月一一日以降、ツイッター上の言葉がものすごく悪くなってしまっています。誰かが「三月一一日まではあんなに楽しかったのに」と書いていましたが、いまは、タイムラインを流れる言葉を読んでいて憂鬱になってしまう。それは、政治の言葉になってしまったからです。

今、原発については、絶対反対派と絶対推進派しかいないことになっています。本当はその間にいくつもの立場があるはずなのに、「絶対反対」と「絶対推進」しかない、という言葉に巻き込まれてしまっている。これって、僕らがぶつかった、「お前はどちらを選ぶんだ」という政治の言葉ですよね。それが「左翼」とか「マルクス主義」とかいう言葉だったら、みな政治の言葉だとわかります。

ところが原発をめぐっては、誰も政治の言葉だと思っていない。そんなことはありません。政治とは、ある原理と別の原理が互いを許さない戦いをくりひろげることであって、原発の問題はその典型なんです。

日本では左翼もマルクス主義もなくなったので、政治はもうなくなりました、あとは社会と経済だけです、と言ってきましたが、実は問題を解決しないまま隠して、ないことにしただけだったんです。だから、原子炉建屋での水素爆発とともにパンドラの箱の蓋が開いて、最悪なものが出てきてしまった。

不思議なんですが、政治の言葉は社会が貧しい時、苦しい時に限って這い出てきます。皆がある程度豊かだった一九九〇年代くらいまでは、原発の賛成派も反対派も、僕らの目には映らない場所で活動していました。ところが経済が苦しくなってくるにつれて問題が表面化し、「お前はどちらの立場を選ぶんだ」という政治の言葉が吐かれるようになる。そうさせないことが我々の長年の宿題だったはずなのに。ところが現実には、あの激しい左右の対立の時と同じ構造が戻ってきています。だからこれは、僕らの宿題であるのと同時に、この国の宿題でもあると思うんですが……。

さてどうしたらいいだろう、ということを、僕は言葉で、森村さんは美術でやってきました。レーニンを批判する人は言葉を使って批判するんだけど、森村さんの作品を目にすると、「レーニンて人がいたんだな。こういうことしてたんだな」って、一瞬言葉のことはどうでもよくなる。政治の言葉の「どっちだ！」という言い方から、離れることができるんです。これは、言葉を使わない美術の強みだと思います。

では、言葉を使う僕の解答方法はなにかということなんですが、僕もどうしたらいいか、ずっとわかりませんでした。一つは中沢新一さんがやっているような、原始的な思考、野生の思考、有史以前の無意識的な思考のなかに、対立的でない思考がある、そこへ戻ろう、というもので、なかなか魅力的な考え方です。

もう一つ、最近あることを調べている時に読んで、深い共感を抱くようになった考え方があります。鶴見俊輔さんという、僕の大好きな哲学者の方が唱えている、プラグマティズムという哲学です。内容はいいんです、知らなくても(笑)。鶴見さんが著作のなかでプラグマティズムの発生について説明されていて、それにぼくはシビれたんです。

プラグマティズムはアメリカ生まれの哲学思想ですが、「その発生の由来を知っていますか」と鶴見さんは問いかけます。南北戦争なんです。プラグマティズムをつくった学者はみな、南北戦争で親が行方不明になった、兄が死んだ、友人が不具になった、そういう人ばかり。この戦争で致命的な被害を受けた物書きのなかから出てきたのが、プラグマティズムだというのです。

ご存知のように南北戦争では、北部は奴隷解放、南部は法律の遵守をスローガンにして戦いました。お互い自らの正義を主張した、原理と原理の戦いです。だから双方一歩も退かず、凄まじく徹底した消耗戦になり、アメリカは真っ二つに割れて、膨大な死者が出ました。その敗戦を蒙った南部から、プラグマティズムが生まれてきたんです。その考え方をごく簡単に言うと、「原理と原理の間のコミュニケーションは不可能」だというものです。

僕らは「話し合え」と言うでしょう。原発推進派も反対派も話し合え、って。でもそんな不可能を求めるのは止めて、コミュニケーションできない者たちが、それでも殺し合わずに共存するにはどうしたらいいかをシステムとして考えるのが、プラグマティズム。ある原理的な考え方は、他の原理的な考え方を絶対に受け入れないのだから、仕方がないと諦めてしまうんです。逆転の発想ですよね。それでどうするかというと、Aという考えと、Bという考えがあったら、そのどっちでもない、全く違うところにあるCという結論へ持って行けというんです。

僕たちが一番大事だと思っているコミュニケーションを求める話し合いという幻想こそが、ディスコミュニケーションでどうしようもない対立を生んでいる、とプラグマティズムは考えます。僕はすごく納得しました。でもその、まったく違うところに解を求めるというやり方は、たとえば美術がそうじゃないかと思うんです。そんなふうに考えられるようになるまで四〇年かかりましたけど。

森村　プラグマティズムは南部から生まれたとおっしゃいましたよね。深く納得しました。『風と共に去りぬ』は、そういうことだったのかと。あの有名な台詞「明日は明日の風が吹く(Tomorrow is another day.)」は、プラグマティズムだったんですね(笑)。

まず、懺悔せよ

森村　いまのお話にもう一つ付け加えるとしたら、政治の言葉の弊害は、それが非常にシンプルであることだと思うんです。是か非かという問いかけと同じで、本来奥行きがあるはずの言葉が、とても薄っぺらくなってしまう。いまテレビなどを見ていて聞こえてくる言葉はたった三つしかありません。「頑張れニッポン」「社会貢献」「いま私たちに何ができるか」です。

これは僕が大阪にいるからで、東京にいるとまた違った切迫感があるのかも知れませんが、少し距離を置いて見ていると、とてもヒステリックに感じられるんです。僕のところにもチャリティオークションや義援金の要請が山のように来ます。そこで問われるのは、イエスかノーか。あなたはそれに参加するんですか、しないんですかと。

高橋　中間がない。

森村　このあたりにしときます、というのがなくて、問われるのはイエスかノー。言葉が非常に単純化しているんです。そしてその言葉を、まさに高橋さんが『ニッポンの小説』（文藝春秋、二〇〇七年）で書かれたように、みな「自分の言葉」だと思っているんですよ。僕はそれが怖いことだと思っています。それは本当にあなたの言葉なんですか、と問い直すことでさえ、おまえは何をけしからんことを言っているのだ、と指弾される。

それから、この〈なにものかへのレクイエム〉は、偶然とは言え、結果的にとてもよくできた巡回になりました。スタートは東京という日本の首都にある東京都写真美術館。次が経済の街、豊田市にある豊田市美術館。その後の広島市現代美術館は言うまでもなく原爆投下の街であり、最後が兵庫県立美術館です。

神戸の展覧会が始まったのは一月一八日で、一七日の阪神大震災関連の催しが終わるまで開催できませんでした。最初は、一七日も近いし、「レクイエム」というタイトルはやめてほしいと言われたくらいです。美術館の隣に「人と防災未来センター」があって、一七日にはものすごく大勢の人が徒歩で集まってくるのを横目で見ながら展示作業を続け、翌一八日に開幕しました。開催期間中に予定されていたトークショウは三月一二日。その前日に地震が起きたのですが、結局トークはやりました。

こうして自分の展覧会を通じていろいろ考えさせられましたが、僕らがまずすべきだと思うのは、「懺悔《ざんげ》せよ」です。それはまさに芸術がすべきことでもあると思うけど、「ごめんなさい、すべて私が悪いんです」と、この言葉をまず最初に言わずして、何が社会貢献でしょう。

日本は一九四五年に原爆を落とされた国です。そして皆が「原爆を忘れない」と誓ったはずなんです。核については非常にデリケートで、「持たず、作らず、持ち込ませず」の非核三原則でやっていくということを、戦後一貫して言い続けてきた国のはずです。でも僕から見れば、原子炉は核爆弾も同然。相手の国に撃ち込むか、自分の国で自爆させるかだけの違いしかありません。核爆弾を実は持ってる持ってないという議論もありましたが、それ以前にこの国は明らかに「核保有国」です。その自覚なしに戦後をやってきて、自分の国で水素爆発を起こして、周辺に住んでいる方たちに甚大な迷惑を掛けている。

石原都知事が「天罰」発言でバッシングされていましたが、半分は当たっていると思います。天罰が落ちるのはまずアンタやろ、と思いますけど、原発事故については、どこかわけのわからないところから落とされた災害ではなく、自分たちが蒔いた種じゃないですか。みなが本当に、もっと深く広島のことを思っていたなら、ああいう事故は起きなかったはずです。

もう一つ、一九九五年一月一七日の阪神大震災です。水が汚染された、エラいこっちゃ、子どものミルクをどうして飲ませるんだという話になっていますが、平生からそういうものは自分で確保しておかなければならないということを、あの震災から僕らは学んだはずじゃなかったのか。でも自分も含めて学んでいなかったから、何かあるとこうして右往左往してしまう。

そういったことを考え合わせると、「悪いのはすべて私」なんです。そうしたら最初にするのは、「ごめんなさい、私が全部悪かったんです」という懺悔でしょう。「頑張れニッポン」なんてあり得ないですよ。だから、僕の言葉をプラグマティズムに即して言うと、AかBかではなく、「みんなで謝ろう」だと思います。

高橋 おっしゃるとおり、今回の原発事故は、僕たち自身が選んだとしか思えない、戦後六六年の正しい帰結だと思います。だから「びっくりした」じゃなくて、「やっぱりね」と考えた方がいい。開戦と敗戦が同時に来てしまったんです。三号機の建屋で水素爆発が起きた時、キノコ雲のように茶色い煙が上がったでしょう。その翌々日に天皇のビデオメッセージ。あれは玉音放送です。歴史は繰り返すといいますけど、恐ろしいなと思いました。

結局、日本は核兵器を持たない、代わりに原発を作る、と振り替えたんです。原発は日本にとって、経済戦争を勝ち抜くための核兵器だったわけですが、それについてどうかなと疑問を感じながらも、推進派と反対派で勝手にやってくれという感じで、僕らは原発で作られた電気の恩恵を享受してきました。放置していたのは、認めたということです。その正当な報いを受けることでやっと目が覚めて、また負債を返さなくてはならない時期になったのかなとも思います。

森村 一九六八年は権力と反権力とか、もっと前なら革命派と貴族派でも、対立の軸は自分の外にあったでしょう。それが今回はなくて、たとえば「善意」という言葉だけが残りました。受け取る側は悲しそうな顔をして、施す側はいいことをしていると思って、「善意」のやりとりをしている。もちろん悪いことだとは僕も思わないけど、水戸黄門の印籠のように「善意」を出されると、誰もそれを否定できません。権力や独裁者に対してならレジスタンスできるけど、「善意」という印籠の前には手も足も出ない。いま、原理は一つになっているんです。そこは大きな問題でしょうね。

高橋　そうですね、対立さえない。

森村　そうさせてしまったのは、政府ではなく、我々です。そこに自分では気づいていない。

高橋　困りますよね。そのことを僕は「正しさへの同調圧力」と書きました。悲しがるとか、支援を送るとか、「頑張れニッポン」とか「正しさ」の基準が空気のようにあって、それ自身に害はなくても、逆らうことができないという点で、非常にまずい状態になっています。小熊英二さんの『〈民主〉と〈愛国〉』を読むと、敗戦後最初の一、二年は宗教的な懺悔の言葉が飛び交ったと書かれています。そのことを忘れたのがいけない、というのが小熊さんの結論でしたが、今回はその懺悔の言葉がない。みな自分は悪いと思っていないからです。

森村　前の戦争の時は、みなの目に見える悪があり、そこに加担したことを懺悔したのだと思いますが、今回は悪の所在がずいぶん違う。自分のなかにあるから、懺悔できないんでしょうね。

高橋　太平洋戦争では、日本軍によってアジアで膨大な数の死者が生まれた。でも今回は、自分たちが加害者で誰かを殺したという思いがなく、一方的に被害者だと思っているから、懺悔の言葉が出てこないんです。みんなが被害者の共同体だから、「頑張れニッポン」でなぜ悪い。懺悔なんて言ってるヤツは非国民だと。

森村　音楽でも美術でも、芸術は人を勇気づけるようなものじゃないとぼくは思っています。「頑張れニッポン」じゃないと思うし、「頑張れキミ」でもない。「私が悪うございました」って、ひたすら謝ることに徹するのは芸術の本分じゃないかな。

高橋 太宰治ですね。「生まれてきてすいません」。

森村 本当にそう思います。人間って、なんてダメで悪いものなんでしょうと思ってますから。生きている限り誰かに迷惑を掛けざるを得ない。それがいま、表現者として唯一言えることですね。

言わない選択

（映像作品《烈火の季節》を上映）

高橋 ……いいですね、これ。写真作品には言葉がついていないし、とても静かな感じがしますが、ビデオで見ると映画のワンシーンのようです。森村さんが「政治的に日本は滅び去った」と言うと森村さんの意見になるけれど、三島由紀夫に扮してそう言ったら「と、三島が言ってます」だけだから、「どっちなんだ！」と訊かれても、「見て」で済む（笑）。

森村 プラグマティズムなんです（笑）。

高橋 答えを出さない戦略ですね。

森村 それが自分なりの宿題の答え方、解き方なんだと思います。小熊さんや高橋さんは一九六八年が特別な年だとおっしゃっていますが、遅れてきた僕にとって、歴史と触れあった初めての年は一九七〇年なんです。いまのビデオ作品のなかで、三島が「万博じゃないぞ」と言ってますけど、僕は

烈火の季節／なにものかへのレクイエム（MISHIMA）、二〇〇六年

大阪にいたので、一方に大阪万博という大きな祭りがあり、一方に三島の割腹自殺がある。そういう時代のなかで感受性を育てられてきました。

その政治の時代と言葉に対して、どう答えるかをずっと手探りしていって、実は、絵や写真とかビジュアルなもの、言葉ではないものであるところがいいんだとさっき言っていただいたのに、「ああ野暮や、ビデオ作品ではしゃべりまくってる」って、困っていたんですが……(笑)。

高橋 作品集には、森村さんがマリリン・モンローに扮した写真が収められています。でも、そこに「言葉がない」という感じがない。ゴッホ本人の絵には言葉はないんだけど、森村さんが扮したゴッホには言葉がある、という感覚かな。普通、言葉というのは活字にして読むものですけれど、その中間に、言葉になっていない「言葉感」があるんです。ビデオ作品のなかで確かに森村さんが扮した三島は言葉を発しているんだけど、写真の段階でももう、言葉はあるんです。

どこかよくわからないところに不在という形で言葉が置かれていて、不在だから読むことはできないけれど、「でも、ある」。普通はそこで、「言葉があるんですか、ないんですか」と訊かれるものだけれど、我々はそういう方針ではないので、「あると言えばある、ないと言えばない」。だから映像になって言葉が出てきた時も、違和感がないんです。

森村 森村作品のゴッホには言葉を感じるとおっしゃいましたが、それはたぶん、僕なりの解釈だと、高橋さんに見えたのは「しゃべりたい僕」なんです。しゃべりたい僕がそこにいるんだけど、しゃべれない。でも、しゃべれないのがだめなのかと言ったら、きっとそうではないという確信もある。しゃべれない僕のなかの、わけのわからない、形にもならない言葉、それを言葉として口に出してしまうと……。

高橋 だめなんです(笑)。

森村 そう、だめなんです。だけどこのビデオ作品では、放射能が漏れ出すようにじわっと出てしまった。何がそうさせたのかというと、世の中が「正しさへの同調圧力」でいっぱいだったからです。ウンコみたいなもので、もう辛抱できない、出しちゃおうというので、出ちゃった。

高橋 三十年溜まってた宿便ですね(笑)。結局、僕は森村さんの〈なにものかへのレクイエム〉シリーズはとても「言葉っぽい」ものだと思いました。それは「言わない」という形で出てくるからです。森村作品は絶対しゃべらないから、我々としては想像するしかない。これはいいですよ。だって一〇〇人の人が見れば、一〇〇通りの言葉が書いてあるということですから。

僕たちはずっと、一つの言葉に一つの意味しかない、一つの状況に一つの言葉しかない、一つの関係に一つの言葉しかない、という言葉の貧しさを恐れてきました。一〇〇人が一〇〇通りに受け取るということは、なかなかそう理想どおりには行きません。でも僕は、森村さんは言葉を信じないから言葉がない方向へ行ったのではなくて、どうやって言葉を豊かにしていくかという戦略を考えた末、「いかに言わないか」を選んで三十年我慢してきた。それがついに漏れ出したのは、政治的な言葉の圧力が強くなってきたからだと思います。他の言葉は言わないでも済むし、圧力もそこまでではない。ところが政治的な言葉は、対立した相手を抹殺するような類の言葉だから、人に最も大きなプレッシャーを与えるんです。でも森村さんは、同じようにしゃべったら負けだよね、という、本当に細い、針の穴に糸を通すようなやりかたをされているというわけです。

森村　ありがとうございました。「言わない」ことも一つの選択だと、僕もずっと考えてきました。三・一一の問題に対しても、「リアクションしない」ことが非常に積極的な意味を持つかもしれない。重要なのは、何が正しい選択で、何が間違った選択だったか、十年二十年経ってみなければわからない、という自覚を持って行動することだと思うんです。そう考えれば、なすべきことにもさまざまなバリエーションがあり得るじゃないですか。さまざまな行動を、それぞれの人が選ぶ。二十年くらい後になると、バカなことやってたなとか、実はあれが大事だったのかということが見えてくる。それは後世に伝える価値があります。でもみなで同じことをしていると……。

高橋　全員間違ってる可能性が（笑）。だからみなさん、できるだけ他人と違うことをしてみるといいんじゃないでしょうか。

（初出『新潮』二〇一一年六月号）

海の幸・戦場の頂上の旗、2010 年

あとがきにかえて、あるいは「対談」の魅力

できれば人前には出たくない。パーティとかご挨拶とかいった晴れがましい場面は苦手である。「対談」など、もってのほかだった。人の話を聞いて、私が話し返すというような言葉のキャッチボール。これは私には到底できそうにない「芸当」である。ずっとそう思ってきた。

しかし最近、「対談」もいいかなと興味がわいてきた。これまでは自分が話すだけでオーバーワークだったが、だんだん、「人の話を聴くのも面白い」というモードになってきた。自分一人ではオーバーワークだというのなら、溢れた分は他人に話してもらったらいい。こうして相互扶助していけば、前途多難な諸問題にも解決の糸口が見つかるかもしれないではないか。

今回の対談でも、多くの考える糸口をいただいた。快く対談相手になってくださった各氏には、深い敬愛の念を込めて御礼申し上げる。各界で活躍中の素晴らしい話者たちから、どれくらい素晴らしい言葉を引き出せたか、それは読者の判断に委ねたい。「対談」ビギナーの私では技量不足であったかもしれない。しかし、各界の皆さんを美術表現の現場にお招きして、その場で直接聴ける話は、その方々の専門領域では聴けない内容ではなかったかと、いささかは自負している。

この対談集を実現するにあたって、多くの方々にお世話になった。忙しい時間を割いて対談に応じてくださった鈴木邦男、福岡伸一、平野啓一郎、上野千鶴子、藤原帰一、やなぎみわ、高橋源一郎の

各氏、それから対談を企画していただいた東京都写真美術館の笠原美智子、石田哲朗、久代明子、豊田市美術館の天野一夫、都築正敏、広島市現代美術館の神谷幸江、角奈緒子、兵庫県立美術館の出原司、江上ゆかの各氏に御礼申し上げる。鈴木邦男氏との対談では美術出版社の岩渕貞哉、美術ライターの小吹隆文、福岡伸一氏との対談では青土社の佐藤洋輔、高橋源一郎氏との対談では橋本麻里、佐谷周吾、ＢＬＤギャラリーの長澤章生の各氏にもご尽力いただいた。そして、各所で公開対談を聴きに来てくださった多くの聴衆の皆さんにも、「ありがとうございました」。

書籍の顔であるカバーや表紙、章扉などのデザインは岡本勇輔さんにお願いし、素敵な仕上がりになった。

そして、最後になったが、私の提案した企画に強く興味を持っていただき、対談の書籍化を実現してくださった岩波書店の清水野亜さんにも、深く御礼申し上げる。

「対談」、すなわち話しあうことは、考え方の違いを越えて、別の次元で人と人とがわかりあえる手がかりとなる。これからも「対談」は続けたいと思う。

二〇一一年秋

森村泰昌

森村泰昌
美術家．1951年大阪市生まれ．1985年，ゴッホの自画像に自らが扮して撮影するセルフポートレイト手法による大型カラー写真を発表．1988年，ベネチアビエンナーレ／アペルト部門に選ばれ，以降海外での個展，国際展にも多数出品．古今東西の有名絵画のなかの登場人物になる〈美術史シリーズ〉，映画女優に扮する〈女優シリーズ〉などの作品で知られる．2007年度芸術選奨文部科学大臣賞，また，巡回展〈なにものかへのレクイエム／戦場の頂上の芸術〉により，2011年に毎日芸術賞を受賞．同年秋に紫綬褒章授与．著書に『露地庵先生のアンポン譚』(新潮社)，『空想主義的芸術家宣言』(岩波書店)など，作品集に『森村泰昌「全女優」』(二玄社)，『まねぶ美術史』(赤々舎)など多数．

対談集 なにものかへのレクイエム
——二〇世紀を思考する

2011年10月28日　第1刷発行

著　者　森村泰昌《もりむらやすまさ》

発行者　山口昭男

発行所　株式会社 岩波書店
〒101-8002 東京都千代田区一ツ橋2-5-5
電話案内 03-5210-4000
http://www.iwanami.co.jp/

印刷・法令印刷　カバー・半七印刷　製本・松岳社

ISBN 978-4-00-024167-0　Printed in Japan